城北舊事

郝譽翔

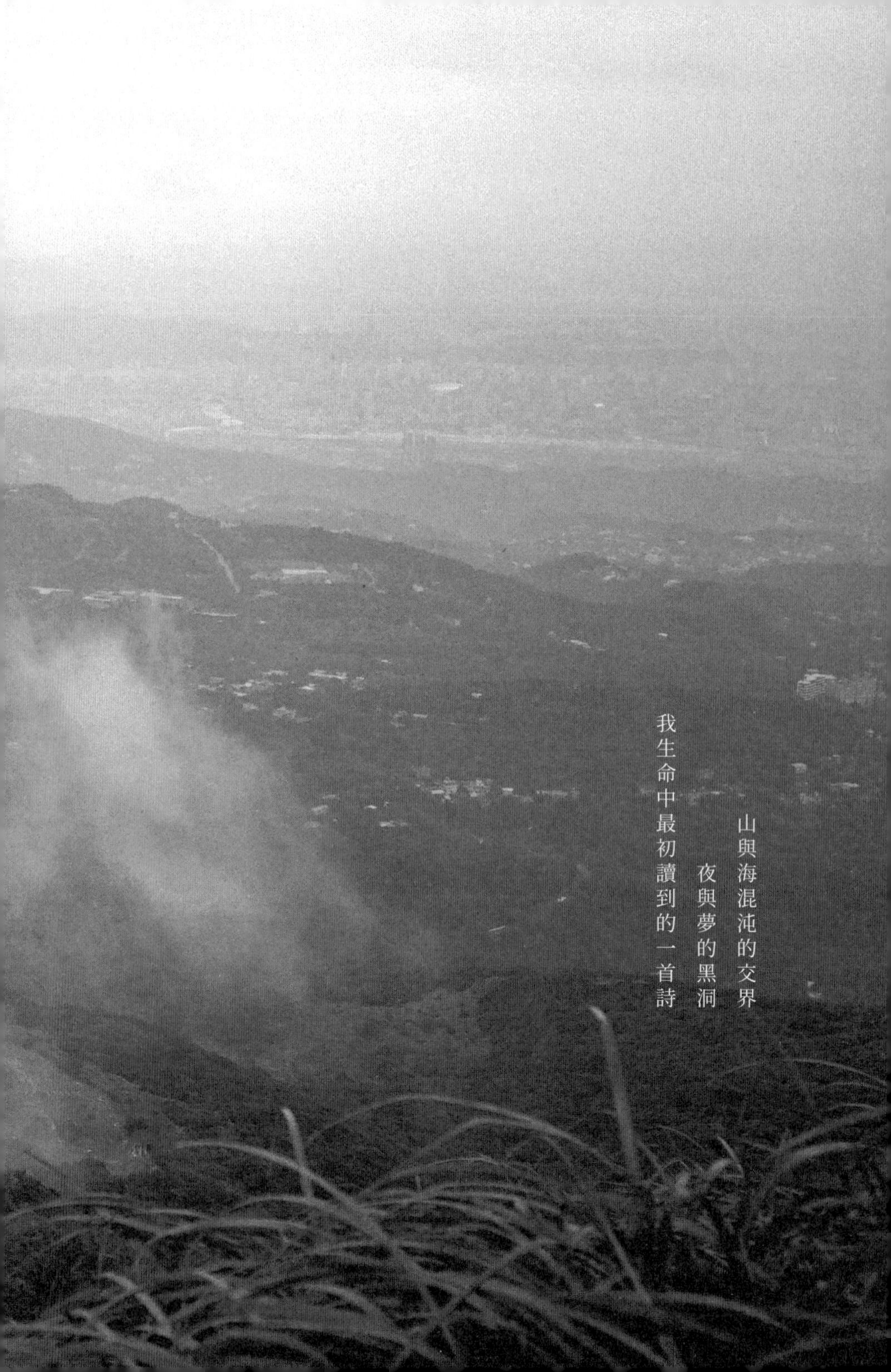

山與海混沌的交界
夜與夢的黑洞
我生命中最初讀到的一首詩

推薦序

長溝流月的那些夏天

國立臺灣大學人文社會高等研究院院長、外文系特聘教授
廖咸浩

要為一本寫北投的書寫序，好像應該並不難，因為你在北投待過三年。然而，卻正是因為這三年的經驗，讓你在看這本書的過程中，對你的「北投」經驗產生了始料未及的沉思。

你不能說你對北投很熟悉，因為你在北投「只」待過三年。但話又說了回來，這三年是你的青春期的開始，而讓你覺得北投似乎在某種意義上也是人生的開始。

你與北投是在一個非常偶然的情況下結的緣。你分明在萬里這個漁村出生並念完小學，理所當然的，基隆才應該是你青春期躁動的所在。然而一件很微小的一件事改變了你與整個北海岸的關係，十二歲那年從向東遠眺（去基隆的路上你總是暈車甚至嘔吐，而覺得旅程極遠）轉向了西偏西南，然後再經過一個大轉彎，而來到了北投。

事情起因於父親已預知將自萬里調動到其他城鎮而在你不知情的情況下，為你報考了一所未來任職所在地的縣中。當你知悉之後氣急敗壞地拒絕了父親的安排。因為十二歲行將小學畢業的你，心中念茲在茲就是要考上省立基隆中學；縣中是無法想像的降格以求。你氣急敗壞地在報紙上無頭蒼蠅般地尋找，竟在各地聯招都已經截止報名的情況下，發現北投區聯招延長報名一天，而且更重要的是，參與聯招的中學竟有一所省中！因為你是長子，父親恐是因為第一個孩子考初中而不敢大意，甚至可能覺得他有所閃失過意不去，竟順從了你的執拗，並且立刻帶著你從萬里直奔北投——

但萬萬沒想到的是該區聯招的第一志願竟是縣立北投初中！

經過這番周折而最終念的還是縣中，不能不說你跟北投是有著什麼不可解說的緣分，讓父親在這麼重大的決定上竟接受了你近乎無厘頭的要求，也讓你自己決定了自己的未來。

因此，你向來認為，北投對你而言不是一個意外，而是你自己的選擇。

到北投報名那天，父親帶著你經基隆到台北，再從台北轉北淡線去北投。里爾克曾說過，你來到一座城市的路徑決定了你對它的好惡。當年的北投固然從各方面來看都是個迷人的地方，但你是坐著北淡線火車來到北投，而對北投形成了一種獨特的印象。

那時候的北淡線彷彿是一條走入歷史之外的祕密路徑，特別是淡水到石牌的這一段。那天，火車過了一條河不久，你就在窗上愈加扶疏的樹影中睡著了。醒來時火車剛好停在石牌站。窗外意外的沒有一絲蟬聲、沒有一抹人跡，只有樹影參差錯落，火車好像是停在一個靜止的夢境邊緣。遠處的水田中，一隻白鷺鷥單腳站立著，彷彿是夢境的守衛者，又宛如某種隱喻……這是你對廣義的北投的第一個印象。

一個月後來北投考試的前一晚，父親帶著你先到北投投宿。他特意選擇了在新北投火車站旁的「大屯旅館」，以便到考場方便。那是你第一次住旅店。從小和全家人睡在一大片硬榻榻米上，這是你第一次睡在旅店中過於柔軟的床上，聞著隱約的薰香氣息，竟覺得有如天堂的美好。第二天一早又在附近禪寺令人心安的誦經聲中悠悠醒來……你對北投的印象便如此定調了。

三年之間發生了很多事情……每天早晨五點半就要從淡水的林子出發，到淡水轉火車，在舊北投下車後，再步行到溫泉路高處的校區。冬天常在凜凜的寒風中困頓推進。夏日早晨公路上又因遍布著壓死的蛇，腳踏車必須在新舊蛇屍中不斷迂迴轉進。但一切都是值得的，因為，對當時的你而言，北投就是地球的中心。相較於你成長的漁村，或你當時居住的山村，在北投一切都在發生中。

但友誼、功課、藝術、運動等等能轉移青春期躁動的主題，都遠不如試圖填補一種莫名的渴望來得讓人神魂專注。你不知道在渴望什麼，但在任何孤獨的時刻，你卻是那麼強烈地感受到從某個深淵中汩汩升起的渴望。一直到第一次親手接過別人轉來的女生的信。你心中狂跳不止，且在拆開那封摺成方形的信時，手也在發抖，你才漸漸曉事。

然後，你發現了眷村，並短暫跟削薄了髮綹的留級生有些來往。但那一刻的來臨才是最終的啟示：你在一個長著鳳眼的旗手臉上，看到耀眼而眩目的光，從此你停止了盲目無緒的尋找，而在擔任升旗司儀的時候，因她在前方升旗，且身後樂隊的男生在談論她，而心中充塞著一種必須分享的飽滿……。你遂開始寫作。偶爾你還會特意坐新北投支線到北投站，不過是為了朝鐵路局宿舍多望幾眼……。

然而，北投是不屬於你的。每天你都必須再長途跋涉回到山村的居所，途中還要經過一個墓園。一回到家便有一種被拋出恆星軌道外的清冷。總覺得得之不易的光會會隨著長日將盡而熄滅。

在那三年之中，你雖然從來沒有和光源有真正的接觸，但經由光與暗不斷地反覆交替著，你覺得那已是長長的一生了。

雖然你深知人與地方的關係絕不只一種型態，也預期了任何人的北投經驗都會與你的甚為不同，但你一直認為你對北投的印象有一定的普世意義。因此，讀到郝譽翔寫的北投，書中那種你極不熟悉的反差，讓你對於經驗這類哲學議題必須重新思考。

郝譽翔的這本散文集（其實更像一本詩意的小說）的基底不外是抒情。但感傷中不斷纏繞頸項的糾結與困頓，及不時迸出腦頂的暴烈與絕望，比起一般的青春紀事殘酷許多。她是以一種近乎披肝瀝膽的細膩，無畏地呈現青春萌芽時期的苦楚與躁動。在其根基處的處境是：父親長期缺席卻又隔時帶來幸福的暗示，母親倉皇持家育女反成為女兒必須馱載的重負。這種交織互迫的情緒所造就的抒情，便是因少女的應然無處得尋而產生。

但貫穿其間不絕如縷的鬼魅氣氛又特別引人躑躅紙面。不只是家附近的暗巷中賣麵的婦人，或遠處奔馳而過的列車，就連她參與群眾運動時親見的政治人物，不論被眾人歡樂抬起的青壯輩，或是空蕩著一支袖子的前行者，也都不免沾上了鬼氣。

然而，她筆下的鬼魅並不讓人畏懼，反而有一種特別的風情，既有聊齋的纏綿也有赫塞的惆悵。鬼即是人，甚至人不如鬼。因此，鬼魅之氣更可能是一種對峙於人不如鬼的演出，一種對平庸現實的報復。窮困是一種平庸，富裕也是一種平庸，唱歌五音不全是一種平庸，繪畫比賽得獎也是一種平庸。追根究柢如何才能臻至不平庸？因此在書中鬼魅之氣其實另有一種渡河逃世的絕美之姿。

顯然，對郝譽翔而言，北投彷彿是一個巨大的囚籠，她必須以時而乖張時而自傷的暴虐敲打籠子的鋼欄，彷彿敲得夠大聲，就能脫困。這樣艱困的成長，在近半百時回顧，卻仍是那麼蒼白慘綠，且對於失落的青春是否曾播下什麼種子，亦未有明確主張。似乎，只有不時出現的山與海才算座落在囚籠之外。

然而，囚籠的鬼魅之氣並無法掩蓋全書的另一種既交織又逆向於前者的日常想望，雖然只是很罕見地在賣臭豆腐的退伍老兵身上看到：「他總是笑得燦爛，把生氣帶進了這一座死氣沉沉的小城，就像是在理直氣壯地說乾坤朗朗，歲月靜好，所以能在這兒賣上一鍋熱氣騰騰的臭豆腐，也是人生難得的福氣。」連老兵姓顏都覺得「未免太好，一如他明亮的笑臉」。但即使這麼接近一種簡單的幸福感，郝譽翔仍然逞強似地以吃大辣來確保幸福不會中止。吃大辣或許只是為了老顏一句像父親般縱容的驚嘆。

那種辣是在傷口上設法加料改造的企圖吧？顯然時間也無法讓嗜辣者的汗水慢慢止息，因為時間只藏在每個人的心中，而且可能是多重並行的。如作是觀，寫作這本書或許就是一種對嗜辣的告別？對心中時間的某條伏流的告別？

但同樣是青春的體悟，何以你對北投的明亮卻感覺如此強烈？也許不只是因為第一次的北投經驗發生在夏天，而更可能是你所來自的漁村處處都有著鬼魅的蹤跡。竹林子裡每根竹子都是鬼。只要是大石頭後面必藏著鬼。河對岸的墓園更是鬼影幢幢；偶爾有人家的爸爸不知是喝醉了還是其他原因在大聲囈語著，旁邊圍觀的人也要強調他是被「彼邊港」的魔神仔煞到。而那些在林投樹之間拿著劍圍著篝火跳躍的道士就更是為了驅鬼了。鬼魅至極的則是從市街上小布爾喬亞商家鋪天蓋地而來的日本演歌；那種長期困在土俗情調中的鬼魅曲風，則讓你幾近窒息。由是，北淡線，特別是北投石牌一帶終於讓你喘了一口氣。因為這裡是如此的明亮安靜。

因此，於你有驅鬼意義的北投，在她筆下竟是鬼魅湧現的所在。然而你也很難說你自己的體悟不夠真實，只是遇見北投的方式不同吧。或更進一步地說，北投從來也沒有不變的存在；它只存在於每個人與特定時間點的它交會的剎那，事後的殘留消失得更快，馴至了無痕跡。你好奇的是，在那交會的剎那，到底是你們各自選擇了北投，還是北投撞見了你們？

恐龍的滅絕據說是因為太陽撞上一片薄薄的暗物質，而造成了地球的大災難。在從的里雅斯特去威尼斯的火車上，你讀到這段文字。你抬頭不經意地看了看對面座位上閉目養神的女子。她與你坐得這麼近，但卻可以與你或這段文字無關。然而是否也可能因為與暗物質的偶然擦身，而在那一刻產生了各種不同的宇宙尺度的變化？因此不同的北投經驗會不會都是諸如暗物質造成的，而可能只是純粹的機遇？當然一切也可能都緣於某種宇宙尺度的全像投影？甚至都已寫定在阿卡西紀錄中？如此，表面的機遇便只是命定的軌跡？

這種純後設的想像讓不少人安心，但也讓少數人覺得沮喪，特別是作家。作家的意義何在？只是訊息的發現者，或應是訊息的實現者？你分明認為是自己主動地選擇了北投，難道這只是假象？時間只是一種一切都已命定而產生的幻覺？

你寧相信（且有所本）人在特定的時刻（如坐忘）是與宇宙完全相連的，因此，每個人的確都如全像投影理論的認知，擁有全宇宙的資訊。但這並不意味著一切都已有定數，而是處於等待實現的潛勢。如此，人就不存在於時間中，而是不斷在創造時間。故最終客觀獨立的時間並不存在，一切都儲存於一個過去、現在與未來同時並存的平面。但所有的可能性都隱而未顯地在一個巨大而周行不止的變化（或曰「大化」）中鵠候，等待可能或不可能的實現。也許只有作家（及藝術家）願意嘗試，所謂嘔心瀝血吧。然而，最終作家能做的或只是一個微弱的動作，微弱卻依然可能有著宇宙尺度的影響。正如書中所言：「攀住了一個字，緊接著是下一個字，就像是在渡河。」雖然險惡，但也許在下一刻就到了捨舟登岸的時刻，也未可知。

因此，誰也不曾擁有北投，不但不曾擁有北投的時間，甚至難說曾擁有個別的北投事件。只有個人因為對那交會的剎那深入骨髓的銘刻有所不能割捨（不論那是愛或悲傷），所企圖進行的記憶建構，或更精確地說，時間的建構。做為作家，企圖建構的時間絕對不會是俗成的時間，而是前所未有的時間。不論是魑魅魍魎或無法直視的光都只是一個渡河的工具。一個從傷口中幻化成蝶的蛹。蝶遂因迷而誤入純粹時間而終不迷。

這麼說來，每個人都是有傷口的，或大或小，或深或淺。你也是帶著某種無名的傷口來到北投尋找光，而郝譽翔則是在北投被迫讓傷口擴大蔓延，馴至在黑暗中浮浮沉沉。

但有傷口是幸運的，尤其是一個近乎無法彌縫的傷口。因為傷口，才有記憶的捕捉與時間的創造。當那位在書中幾乎不存在的父親無端出現、給予了短暫而虛幻的幸福感後、忽而又棄她而去並「轉進一條小巷弄」消失無蹤的那一剎那，彼處或正有一扇卡夫卡的窄門突然打開。這時候就看郝譽翔用什麼角度看進窄門。找對角度，看到的就會是亞列夫，並在那微小的亮點上欣見整個宇宙。人世的一切便都可以原諒，也可以一再地重新開始。

幽暗與明亮的輪替互生（chiaroscuro），從來也不會止息，更是生之頌歌的基調。

這篇序接近完成的時候，很意外夢見了初中時暗戀但卻從未說過話的少女旗手。她是來道別的，但夢中的道別覺得沒有感傷只有溫馨。依稀她對你說你已經不需要再藉助對她的想像掙脫那原初的傷口……。醒來時意識到自己已是獨自的一個人。

推薦語

純淨做為綱本，冷靜帶來心碎，筆觸幽靜神祕，面似散文但有小說滲透。童貞不曾離去，一個手勢、氣味都是轉角，瀕臨了便如躲貓貓，「原來就在這裡」。細流、巨流擁有共同發源，《城北舊事》為成長與地誌書寫完成最佳範本。

——吳鈞堯・作家

譽翔文學二十年，先小說後散文，確定且雋實地相信：學術另一面，她是這一代才情獨具的好作家！北投的少女回眸青春，不風花雪月，慧眼淨心，秀緻文字虔真寫就人生悲歡、正是：郝譽翔風格最深切的塵世風景。

——林文義・作家

從回憶出發的書寫經常沾染上魔幻的色彩，郝譽翔筆下的北投、城北居所，不僅是神魔之地，也是年少狂放的縮影；帶我們回到青春現場，不安定的，不受拘束的，像是被什麼驅動而朝不明的方向往地平邊際追索，卻從未有人逃脫……。

——邱坤良・國立臺北藝術大學名譽教授

我羨慕、欽佩譽翔有著這麼觀察入微的眼睛、這麼鉅細靡遺的記憶，以及這麼生動細膩的文筆。這本書不只是地景人文的書寫，更活生生勾勒出一個時代早已逝去的樣貌。

——施昇輝・暢銷斜槓作家

哪怕已在好看極了的《幽冥物語》和《溫泉洗去我們的憂傷》寫過北投，《城北舊事》沒有停止記憶的定點挖掘，且盡情擴充回憶的面積，使一去不返的青春與一九八〇台灣，俱能在沛然的傾訴中，鮮豔重塑。

——孫梓評・作家

作者生命中所有的詩意，盡在疏離和不馴之間流連。她就是一個存在的夢，文字敘述亦如夢的延伸，忽而真實、忽而迷幻，照見你我曾經騷動的青春。

——鄭如晴・作家、前世新大學教授

我搭著通往城北的捷運，讀女孩揚起青春之筆寫盡城北舊事，一站一站，如一艘回憶之船；原來，神魔也好，狂野也罷，這樣那樣的記憶皆是城北點滴。她以靈動的文字輕輕激起的成長漣漪，與時代緊緊相連，從此，城南有林海音，城北有郝譽翔。

——盧美杏・《中國時報》人間副刊主編

在山與海的交界

那是山與海混沌的交界，夜與夢的黑洞，我生命中最初讀到的一首詩。

早晨一睜開雙眼，所見到的竟全是山，峰與峰之間錯落相連，直到天邊。但山巒的顏色並不翠綠，就像是被誰兜頭潑了一盆冷水似的，淋漓灰青，又像是淚水幽幽滲出了紙端，教人看了只是莫名地一怔。

所以這哪裡能算得上是城市呢？或許因為如此，我總是堅持說自己是「北投人」，而不是「台北人」。

也或許是，北投原來就不屬於台北。

清朝時，北投歸於淡水廳的管轄，日治時期又以大屯山系的最高峰「七星山」為名，劃入了七星郡。這一帶向來就是山高水遠，自成一處化外之地，我因此愛淡水和七星之名，遠遠勝過於台北。

◆

北投正式被納入台北市的範圍，竟是遲至一九六〇年代末期的事了。但即使如此，當一九七五年我們全家人從高雄北上，落腳在北投之時，住家的附近卻仍然多是一派農村的恬淡氛圍，而日常生活中所慣見到的風景，也大多是蒼茫無邊的淡水河以及關渡平原，總是讓我不禁聯想到「星垂平野闊，月湧大江流」之類的詩句，和現代化的城市根本沾不上邊。

也或許我只是不明白，所謂的城市究竟應該是什麼模樣？

來到北投的那一年我才七歲，先前只是一個懞懂的孩子，回憶起來，在高雄的日子唯有窗外周而復始的日升日落，歲月無聲無息地滑過，就像是一部靜默的黑白電影，竟想不出有什麼悲哀和歡喜可言。

但來到北投以後世界卻大不相同了。陌生的異鄉忽然跳出了顏色、聲音和氣味，強烈的光影不安地閃爍著，躁動著，讓我驚怯睜大了眼，惶惶不知所措。我開始懷念起高雄那份明亮到過分純粹的陽光了，乾燥無雨的天氣，空中總是白雲朗朗，以及左營鄉下外婆家的磨石子地面，即便是在炎炎的夏日赤腳踩上去，也是傳來一股透澈心肺的冰涼。

然而這一切全都消失無蹤了。

就連高雄鄰居皮鞋店和我同年紀的小女孩，天天一起結伴上學玩耍，我卻也想不起她的名字和長相了，只剩下一團朦朧的黑影。反倒是她家店門口擺在玻璃櫃中的一排黑色男鞋，始終令我印象深刻。在無人的午後陽光籠罩之下，它們顯得既無助又徬徨，彷彿困惑著不知道下一步該要走向何方？

那些皮鞋還在玻璃櫃中等待著未知的主人，但我卻已經提早一步先行離開了。搬家那天，我坐上了載滿舊家具的卡車，準備一路搖搖晃晃地北上。

鄰居小女孩就坐在皮鞋店前的小圓凳上，望著我，遲疑地揮了揮手。

那是道別的手勢，從此不復得見。

我想我必然是哭了。遷徙是啟蒙的開始，我的生命將要退回到一片空白的原點，重新來過一遍。我沉默地抵抗著，為注定即將失去的一切流下了絕望的淚水。但這有什麼用呢？又有誰會覺得孩子的眼淚是珍貴的？

◆

接近傍晚的時分，搬家卡車終於來到了尊賢街，那是我們在北投的第一個住家。夕陽昏黃的餘暉鋪滿了巷子兩側的公寓，映襯得一樓鐵門的朱紅油漆更加斑駁，像是誤闖入一齣末老先衰的夢境，黯然得教人心驚。

後來，我們多半把那一帶稱之為「石牌」，而認為更往北走越過公館路以後才能夠算是北投。但「石牌」這兩個字總是讓我覺得又硬又冷，像是鐫刻著某種權威話語的石碑，神聖而不可侵犯，並不存在一絲一毫可以妥協的柔軟空間。

果然那附近也大多是些道德意味濃厚的街名，從「尊賢」、「實踐」、「明德」、「自強」到「立農」，再再向我們訓示著一種理想崇高的人格。

這些街名雖然取得堂皇，卻也多是些狹窄的尋常巷弄罷了，以柏油瀝青鋪成，縱橫交錯，切割出來一大片六〇年代以後才在台北街頭大量湧現，清一色是灰色洗石子牆的四層樓公寓。它們的造型方正，中規中矩，一如居住在其中的也大多是些勤勉樸實而面容拘謹的軍公教人員。

我們在尊賢街只住不到短短的兩年，又改搬到實踐街去。就像蒼蠅飛起在空中盤旋數圈之後，總會固執地又要落回原點，日後我們就在這些巷弄之間搬來搬去的，而新舊的住處往往不出三百公尺遠。

也是要等到多年以後，我才恍然大悟「實踐」之名的源頭，竟是因為街尾有一座國民黨專門訓練高階軍官的「實踐學社」，前身還是日本帝國陸軍的軍事顧問組織「白團」。

我從未意識到，原來住家的附近就隱藏著一個如此神祕的軍事組織？只知道實踐街口確實終年瀰漫著一股令人敬畏的氣息。那是四棟中央社的宿舍，同樣是低調的灰色公寓，我每天上學放學都必定會打門口經過，得以窺見出入在其中的社員。他們大多身穿白襯衫手提黑色的公事包，低著頭行色匆匆，彷彿包裡裝的全是一些不可洩漏的天機。

這就是我所認知的石牌。

至於北投，還要落在更遠之處，那朝向地平線盡頭綿延的大屯山脈，終年飄散著青白的山嵐和硫磺煙霧，以及更遠的淡水，日復一日向這片陸地送來海洋鹹濕的氣息，彷彿以一個更加遼闊而美的世界在殷殷召喚著我。

那是山與海混沌的交界，夜與夢的黑洞，我生命中最初讀到的一首詩，句句都是命運的隱喻，讓我不禁悠然神往，卻又每每悵然若失於它是如此的晦澀不可解。

野性水城

昔日的水城已馴伏在道德化的街名裡，不復童年的野性與草莽。

一直要等到多年以後，我早已長大成人甚至離開了北投，才恍然大悟原來「北投」之名竟是源自於平埔族語「ki-pataw」，也就是「女巫」的音譯。

不只如此，石牌也浮出了一個對我而言新鮮無比的地名「唭哩岸」。我才知道這其實是它的舊名，同樣是來自於平埔族語「ki-lrigan」：「海灣」的音譯。

我也是要讀到《淡水廳志》記載：「淡水之開墾，自奇里岸（唭哩岸）始。」才發現原來三百多年以前的此地，是淡水廳漢人最初發跡的所在，不但有兩條引自於天母磺溪的水圳——清水圳和八仙圳貫穿其間，又遍布著從水圳分岔出來的無數細小支流，而河面上風帆點點舟楫搖曳，陸地上處處是石橋和垂柳，儼然就是一座波光蕩漾的水城。

原來我家附近也曾是台北和淡水之間往來的交通要道，至於不遠處的立農街，曾經號稱是「淡北第一街」，街上林立著旅社、酒肆和商店，甚至還有一座荷蘭領事館。

但如此繁華的過往，在我童年時代卻早已被人遺忘了，成了不可再現的海市蜃樓。嗔哩岸的水圳肝腸寸斷，大多被柏油路面所掩埋，而曾在「淡北第一街」上買醉尋歡的商賈旅人，也早就消失在時光的煙塵之中。

反倒是後來的街名「立農」更為貼切現實的狀況，因為春日放眼望去，淨是農夫在水田中彎腰插秧，而如此靜謐的牧歌畫面一直綿延到山腳邊。

那山便是守護著台北城的大屯山脈。山腰常有白雲停駐，嚴冬時，山頂還偶爾可見白雪。

由此再往西南十三里，便是滬尾山，山上設有炮台，俯瞰淡海滄溟，每當太陽西下之時，海面總是金光閃爍，氣象迷離萬千。

◆

因此有太多事都是後來才知道的，年幼的我卻是渾然不覺，日日所見的，大多唯有田。

我就讀的國小正位在關渡平原保護區內，春夏時分，四周便被青綠豐美的稻浪所包圍。秋天一來，通往校門的一條小路旁堆滿了收割下來的稻米，在暖陽的照耀下，一座座有如澄黃色發光的金字塔。農夫忙著把稻米送入黑色的打穀機中，從早到晚不停喀啦喀啦地響著，風一吹來，糠殼就在早秋的空中四處遠颺，飄送出濃郁的稻香。

每當下課鈴聲一響，我們立刻從教室一哄而散，跑到操場去踢毽子、溜滑梯，或是盪鞦韆。鞦韆總是小女生的最愛，我們喜歡比賽看誰盪得最高最遠？當鞦韆甩到高點時，我總是忍不住驚駭地大笑，手心直冒著冷汗，而視線越過了學校的圍牆，所能見到的全都是田。

飽滿的稻穗低垂著，隨風上下來回起伏，悠悠搖晃，那是一片令人暈眩的金色汪洋。

然而秋收過後，大地便會露出了它黑褐到幾近可怕的面貌。這兒或那兒陸續升起了焚燒稻草的狼煙，傳來一陣陣嗆鼻的燒焦味，像是敵人即將來襲，不知誰發出來的求救訊號？讓人沒來由地感到一陣心慌。

我從來沒有嘗試走進田裡，因為在學校圍牆之外的，全是不可越界的禁區。

但班上總是不免有幾個調皮的小男生，就愛在眾目睽睽之下犯規。他們大膽翻過牆頭，縱身一躍跳上田埂，然後朝我們回頭擺了擺手，就彷彿英雄遠行一般走入農田的最深處，去抓青蛙、蚯蚓或是閃閃發亮的甲蟲。

有一回坐在我身旁的小男生，還誇口說他在翻過圍牆之後，在牆邊遇到了兩個蹺課的高中生，大方地請他一起抽香菸。他得意洋洋把手指湊到我的鼻子前面，要我聞上面殘留的菸味。

不過男生更愛翻過圍牆去抓的，其實是些毒物，譬如蛇。綠色的是青竹絲，棕色的是龜殼花，偶爾還能抓到黑白相間的雨傘節。他們把蛇裝入透明的玻璃汽水瓶，藏在教室抽屜裡，上課趁著老師回過頭去寫黑板時，就趕緊把瓶子抽出來在女生面前晃一晃，立刻引起一陣驚聲尖叫。

那尖叫聲此起彼落。我們因此早就知道教室外的大自然是危機四伏的，毒液就潛藏在關渡平原的深處，汨汨流動著。

◆

班上的女生甚至信誓旦旦地說，學校鬧鬼。

有人說，她親眼看見白色的鬼影從廁所的門縫之間飄出。更有人說，等到夜晚降臨，學校四周陷入一片漆黑之時，就會有青白色的鬼火從田地中間冉冉浮出，就像是一盞盞青白色的燈籠飄浮在半空中。

她們說，每一盞鬼火都垂吊著一縷不甘死去的魂魄。

她們甚至聽過鬼哭。

我也確實聽過。冬天一來，午睡時趴在教室的桌上，我總能聽見東北季風橫掃過關渡平原時發出淒厲又絕望的嚎叫。

我閉緊了雙眼，豎直了耳朵聽那氣流捲起的漩渦，起了渾身的雞皮疙瘩，因為那根本就是人聲，更像是長髮披散的女巫，從土壤的最深處尖叫著鑽出。她憤怒搖撼著教室的門與窗，不把整座國小連根拔起，誓不罷休。

我於是夢見自己在關渡平原上拚命奔跑著，醒來時，出了一身的冷汗。

我竟因此不知道自己是在一座現代化的城市之中長大的，而且還是全台灣的首善之都。這都要怪我如今所能記憶起的全是隱匿在潮濕土壤，或是竹林陰翳深處的，那為肉眼所不見的惘惘威脅，那即使連幼小的我都可以清楚辨識出牠的存在的、無以名狀的生之怪獸。

牠一直潛伏在我的在四周，咻咻喘著氣伺機而撲。

◆

就在這種時刻，一座早已消失了的水城，於是又將如鬼魂一般復活。它將穿越時光隧道而來，再度溢出地表，乃至化為滾滾洪流。只是這一回它是以惡水的姿態朝向我們席捲。

這是每年夏天我們都逃不過的厄運。颱風一來磺溪暴漲，洶湧的大水就會漫過堤防，一口氣灌進關渡平原，把它化為了洶湧的汪洋。

我的國小早就做好防備，因此建成了高腳樓似的建築，一樓空空如也，是為「防洪教室」。但好幾次颱風過後，我們仍然好奇那水究竟會淹得有多深？便故意一路涉水走進學校，發現那其實也不是水了，而是混濁的泥漿居多，最深處足以淹沒掉我的胸口。

我甚至看見水蛇在黃褐色的泥中蠕蠕出沒。

但我始終不明白如此龐大的水和泥到底從何而來？它來時迅速猛烈，去時卻又十分緩慢，有時候整整一個星期過去了，水還遲遲不肯退，一經過夏日烈陽的曝曬便發出刺鼻的腥臭味。

好不容易等到水全都退光了，卻仍留下來滿地厚重的泥濘。校長便發動全校的學生一起打掃，這是孩子們最歡樂的時光，大家扛著掃帚、水桶和拖把，故意滑行摔跤光明正大打起了泥巴仗。

喜歡在泥裡掙扎翻滾不只有我們，還有肥大的蚯蚓以及暗紫茄色的水蛭，一不留神，就會被爬了滿腿都是。如今我依然記得小腿被水蛭附著吸血的感覺，冰涼黏膩，針扎似的微微刺痛。我彎腰一把將牠狠狠拔起，皮膚就浮出了鮮紅的血點，那是令人作嘔的怪物之吻。

然而我有多久沒見過蚯蚓和水蛭了？更遑論來自蠻荒黑暗之心的蛇，牠們早已被放逐到城市之外，直至無影無蹤。

如今磺溪一帶的堤防已愈築愈高，淹水之事愈來愈罕聞，而關渡平原的農田也大多被剷平，鬼魅悉數除盡，取而代之拔地崛起的，是一棟又一棟光鮮亮麗的豪宅大樓，而昔日的水城果然已乖乖馴伏在道德化的街名裡，不復我童年之時的野性與草莽。

山上有靈

母親指著關渡平原的方向，對我說，地平線的盡頭躺著一座觀音。

根據文獻記載，百餘年前的唭哩岸曾是一座溝渠交錯的水城，而那水大多源自於周圍的山區，可惜如今水渠不是乾涸，就是被覆蓋在柏油路面底下，早已經消失在人們的視線之中。

水，是變幻莫測的，它彷彿依稀，已成了遙遠的前世記憶。但山卻不是，山一直都在，它可見而歷歷分明。

其實傳說中唭哩岸的崛起和興旺，也並不是因為水的緣故，反倒是山。山勢一路從唭哩岸山、軍艦岩綿延到丹鳳山，彷彿是一隻巨大的雁子，張開雙翅溫柔地環抱住眼前的這一座小小平原。

至於從軍艦岩突出來的那一道小丘，便是大雁伸長的頸子。牠正安詳地伏在大地上沉睡著，天然形成了台北盆地邊緣一處絕佳的風水。

但年幼的我當然不懂得風水，只知道每天一抬頭觸目所及的，果然是山。觀音山、大屯山、七星山、紗帽山和陽明山的層峰相連，一條淡水河就從中蜿蜒穿越，緩緩流向了大海，海洋的水氣每每又被季風吹送回來，經過陸地隆起的山勢一阻擋，遂凝結成了白色的雲霧，滾滾繚繞，更加顯得這些山巒神祕而且高遠。

尤其是觀音山。

我們剛從高雄搬來北投時，母親指著關渡平原的方向，對我說，地平線的盡頭躺著一座觀音呢。

我看不明白，睜大了眼睛反問她在哪兒？母親便用手朝空中比畫著線條，瞧，最右邊的那一道弧線，不就是觀音的髮髻嗎？接下來就是她的額頭、眉毛和眼睛，而那一座翹起來的小小山尖便是觀音的鼻子，然後還有嘴唇、脖子，以及一道如波浪般的胸脯。

那女性的輪廓果然清晰，我眨了眨眼不禁感到有些畏懼了，原來這片大地居然是一個仰躺著的女人？而且還活著？我彷彿意識到她的嘴唇在輕輕開闔，似笑非笑的，而胸脯也正隨著她的呼吸一起一伏。

我又想像在下一秒鐘觀音就會忽然驚醒，從睡夢中睜開雙眼，抬起她那一道柔美的頸子，然後爬起身來坐直，伸了個大大的懶腰。那時天上的日月將會被她的身軀所遮蔽，而大地無光，狂風四起，捲起了漫天的飛砂走石，地殼也將會嘩啦啦隨之崩裂，吞沒了在地面翻爬滾落的一切行人、汽車和房屋。

我因此對於那一座山始終心存畏懼。

然而我每天上學放學，搭公車沿著一條關渡平原旁的百齡五路來來回回，觀音山卻是一道必然會在車窗外出現的風景。我總是恐懼著她的復活和甦醒，便是世界末日的來臨，卻又往往忍不住眩惑於她迷人的美麗。

當夕陽為觀音的輪廓鑲上了燦爛的金邊，於天際流動的紫紅晚霞正一點一滴為黑夜所吞噬，大自然綻放出來的絕美教人驚詫，也教人恍惚。美在分秒之間推移溜走，轉眼即逝，而等到我回過神來之時，這一切早已被籠罩在全然的黑夜。

莫非這才是真正的末日？那是我童年最初所能領悟到的美麗與哀愁：日復一日無可抵禦、也無從逆轉的地球運行，將大地上的芸芸眾生全都無情捲入了生與死的輪迴中。

◆

我因此感覺到時間的存在，萬物一點一點碎裂開來，出現了許多空白的縫隙等待著我去修復和填補。

每天下午四點放學回家，功課一下子就寫完了，漫長的黃昏無事可做，我大多蹲在公寓三樓的陽台握著欄杆，望向外面的天空發呆。即便是在陽光普照的晴朗日子裡，也總是灰濛濛瀰漫著一股揮之不去的奇異粉塵，童年生活於是成了一則失去色彩的夢境。

一九七五年蔣中正過世，全民守喪，電視畫面有好長一段時間只剩下了黑和白，搭配著沒完沒了的弔亡哀歌。好不容易國殤結束，繼之而來的又是一連串反共連續劇，《寒流》的片頭曲如泣如訴地唱著：「滔滔赤禍，滾滾寒流」，歌聲尖銳悲戚，聽得人心頭直發毛發冷。

不久之後，又不知從何處流傳出來一封南海血書，署名阮天仇，訴說共產黨竊占越南，阮姓一家難民乘船逃離故鄉，卻不幸漂流荒島的故事。阮天仇被迫啃食親人的屍體維生，臨終之際他既悲且憤，遂以螺尖沾血，寫下了這一封此仇不共戴天的遺書。

在肅殺的年代底下，恐懼和仇恨彷彿是兩頭互相咬齧的小獸，而以鮮血做為養分來餵哺長大的孩子們，心靈又該會被扭曲成什麼模樣呢？冤魂和鬼影就在島嶼的各個角落滋生繁衍著，直到匯聚成了一股巨靈，鋪天蓋地而來。

但七歲的我只是不能理解，人類為什麼會陷入這麼多的苦難？眼前的世界透出不可理喻的古怪，因此就連橫亙在天際的青山也一併被扭曲了，就在惘惘的威脅之下。

我還記得蹲在家裡公寓陽台上，就可以清楚看見遠方的彌陀山上面浮出了兩個斗大的字眼：「中正」，黝黑，肅穆，森嚴，但與其說是在紀念偉人，還不如說是在對山腳下的子民發出無聲的恐嚇與訓誡。

我總是天真地以為那兩個字是刻上去的，想不通這個世界除了神以外，究竟是誰有此能耐，居然可以在一座山上鑿刻出字來？我的疑惑始終找不到答案，一直到多年以後才知道，原來那兩個大字是林務局用黑松苗一棵一棵種出來的，總面積足足長達一萬平方公尺以上。

我又不知從哪兒得來的錯誤印象，以為埋在那兩個大字底下的便是偉人的墳墓，每每蹲在陽台上望見了，總升起了一股不寒而慄的雞皮疙瘩，感受到它所散發的嚴厲目光，逼視著山腳下這一大片密密麻麻的公寓樓房。

彷彿亡靈，正不捨晝夜地凌駕在群山之巔上。

故事的端倪

我伏在紙面上，攀住了一個字，緊接著是下一個字，就像是在渡河。

這瘖啞的日子實在太沉悶了，我直覺自己快要不能呼吸，必得要張開口去訴說些什麼才好，要讓想像力戳破停滯的空氣，讓周遭的山巒果真化成了一隻大雁，展翅帶領我向空中飛翔。

離開，遠走他方，這是故事的端倪，而且要走得愈遠，愈好。

我和姊姊蹲在公寓陽台上，開始玩起了故事接龍的遊戲，但絕大多數的時候都是我自己說個沒完沒了，而姊姊就負責靜靜地聽。一個故事又生出了一個，我像在朝空中不斷吹出泡泡，它們漂浮在午後如夢的陽光裡，既繽紛卻又虛幻無比。

只可惜我的故事總是以黑色做為基調，也不知從何處得來如此陰翳的靈感？主人翁的死，經常成了我的故事的結局，因為找不到可以讓他們活下去的理由，或是生命值得被拯救的出口。

也或許，那只是源於一個孩子殘忍的天真罷了，不夠世故，所以還不懂得如何掩藏自己嗜血和殺戮的本性。

◆

我說有一個酋長被敵人殺死了，他的十二個兒子輪流騎馬到遠方的部落去為父親復仇，卻都不幸一一陣亡，直到最後黃昏時分，負責留守在家中的最年幼的弟弟，望著夕陽就像是一團已經燃燒殆盡的火球，奄奄一息垂掛在地平線的盡頭，他心中已然明白，哥哥們是永遠不可能再回來了。

於是弟弟含著眼淚拿起茅槍，獨自一人騎馬出發。他走過鋪滿了夕陽餘暉的紅色原野，走過了躲在樹蔭底下草叢深處乘涼的獅子，走過了低著頭悠閒啃食青草的鹿群，一直走到了敵人的部落。

就在黯淡的殘陽下，他終於看見了父親連同哥哥們的頭顱被割下來，總共有十二顆，傷口處的血早已凝結發黑，被用一條粗大的麻繩連成一串懸吊在半空中，正隨著晚風輕輕地搖盪，散發出一股濃郁的腥臭味，招引來了數不清的黑色蒼蠅嗡嗡環繞。

「結果呢？結果他怎麼了？」姊姊握著陽台欄杆問。

「結果他也死了。」我望著遠山瞇起眼說，彷彿親眼目睹到那一幅滅門的悲慘畫面，我說：「他也被敵人殺死了，頭割下來，就掛在繩子的尾巴。」

故事到此戛然而止，我和姊姊安靜下來。這個被青山環繞的盆地邊緣是如此的寂寥，彷彿世界上所有活著的生物全都在此刻消失了一樣。

◆

我忽然感到自己非常殘忍。我知道這樣是不對的，故事不應該有一個全軍覆沒式的結尾，這完全不符合童話的美好想像，但我的心裡卻非常痛快，因為犯規而痛快。

也或許因為死亡，竟比起生存還要更容易讓我把握。它在我的手掌中不安地翻滾扭動，這才是真正潛伏在我想像力深處，以襯托出一切事物真實輪廓的底色。

我也特別著迷於不近人情的故事，因為它們所勾勒出來的奇異幻象，竟遠比日常的生活還要來得更加真實幾分。讀到《乞丐王子》，我就不免疑心自己出生時在醫院被掉了包，所以長久以來都只是假冒別人在生活著，而事實上根本就是另有其人？

我也耽溺於優美而哀傷的故事，如《小美人魚》、《賣火柴的小女孩》或是《快樂王子》，捧著它們一遍又一遍反覆地讀，彷彿自己就是那為了失去所愛，而深受寂寞所煎熬的孤獨靈魂，只因為生命的創傷無以名之，只好轉身逃入童話的鏡像之中？

我甚至不記得自己曾在閱讀的時候哈哈大笑過，總以為故事就該是一個孩子孤伶伶躲在角落，穿梭於字裡行間，找尋現實生活所不曾給予的安慰。在那個世界沒有笑聲，只有無聲而溫柔的眼淚，是小美人魚最後在海上化成的泡沫，要徹底犧牲了自己之後才能換來的一點絕美。

我也因此寫下了自己生平的第一本故事書，在八歲的那一年，從頭到尾純手工製作，自己寫字畫插圖，自己裝訂，總共做了十本，全都以一本一元賣給了班上的同學。

如今事隔將近半個世紀，故事的內容我早已忘了，卻唯獨牢牢記住了它的結尾：公主被巫婆刺瞎了雙眼，又被父親無情地逐出皇宮，只好獨自一人在黑森林中流浪著，穿過了枯枝幢幢，地面荊棘遍布，劃了她滿身都是傷。

這就是故事的最後一幕，沒有所謂王子和公主幸福的結局。我刻意不要王子現身，更不相信公主可以被拯救。除了自己之外，沒有人能救得了誰，我固執地相信唯有文字，才是我唯一可以求生的浮木。

我伏在紙面上，攀住了一個字，緊接著是下一個字，就像是在渡河。渡一條生命的急流，以絕望而岌岌可危的心情，在還沒有踏足之前，就已經預知了它必然暗潮洶湧。

遙遠的國度

那兒深邃黝黑彷彿直通另外一個時空。想像力的探險，悠悠晃晃……

那是一張造型方正，單調乏味到不該引起人任何一絲遐想的書桌，就放在客廳的角落。

只因我家沒有所謂的書房。我總以為那是一個書香世家才能擁有的空間，四壁紫檀木書架散發出醇厚的芬芳，精裝書本一絲不苟立於架上，正依序吟誦出莊嚴的話語，以一種低沉而充滿了威權的雄性嗓音，容不得一點小小的嬉戲。

然而那樣雄性的聲音卻不曾在我家出現過。我想我們的生活是過分的簡單而且冷清了，一個再普通不過的單親公教家庭。母親在小學教書，每個月固定向出納領薪水，錢就放在一個黃色牛皮紙信封裡，扁平得可憐。

即便如此，母親依然把紙鈔從信封中抽出來，在日光燈下認真地點數著，一、二、三、四……一種古怪的神情從她的臉上浮出來，微微顫抖的嘴角顯得既歡喜又可憐，當生命僅存的一點價值都必得要通過這疊紙鈔才能展現之時，終歸都是卑微。

我於是在太小的年紀就領會到了現實可憫，所謂的精神糧食也是要等到身體溫飽了以後，才能夠思及的奢侈產物。因此一張書桌是必要的，但也僅止於功能性的作用罷了，母親每天伏在桌上記帳，一如我每天也要伏在桌上寫功課一樣，鉛筆尖摩擦著作業簿的紙面，沙沙作響。

我總記得那細碎的日常聲響，平凡如此，渺小如此。我總是很快就把功課寫完了，但寫得不好，我不耐煩在紙上一筆一畫規矩地刻字，更不是一個手巧的孩子，拿筆和筷子的姿勢都不對，所有的東西一經我手都變形走

了樣，既歪扭又難看，讓人哭笑不得，任憑大人怎麼樣糾正也改不過來，

於是我寧可什麼也不做，望著窗外發呆，沉浸在一天之中最舒適的時刻。

這時黑夜尚未來臨，白天的熱氣卻已消散，有時還能望見太陽與月亮同時懸掛在天邊，一個還在西方遲遲不肯落下，而另一個卻已等不及了要從東方冉冉上來，令人不由得生出一股對於人世奇異的眷戀與期待。

◆

就在白日與黑夜的交界，恍惚的夢遊之間，我常從椅子溜下來蹲坐在書桌旁，打開桌子右下方的櫃門，伸頭往裡面探去，那兒深邃黝黑彷彿直通另外一個時空，我從來不知道邊界到底落在多遠？那是遙遠的彼岸，想像力的探險，悠悠晃晃像吸食了過量的嗎啡。

那個書櫃確實是我童年的嗎啡，沒有錯。打開櫃門一股木頭混合著陳年紙張的霉味撲鼻而來，刺激鼻黏膜所有的細胞因此奮力張開，我渾然愛到

了極點，總是把頭埋入櫃子的深處拚命地嗅著：一場人生最初的感官極樂饗宴。

但說穿了，那也不過就是張平凡的書桌罷了，塞在櫃子裡面的不是過期雜誌，就是被人遺忘的書，或者根本連書都說不上，多半不是後面掉了好幾頁，就是早已脫落了封面。

我就是在這樣的情況下讀到了生平的第一本小說：繁露的《千里共嬋娟》，前面的幾頁已經遺失，而後半本也宣告消失不見，整個故事因此沒頭沒尾的，人物更是來無影去無蹤，就像是不知前世、遑論今生的鬼魂漂浮在半空中。他們的命運列車還被困在濃霧瀰漫的鐵軌上，卻一直遲遲等不到果陀前來拯救。

我於是讀得既糊塗又困惑，後來總不禁疑心，這一切都只是我那不可靠的童年記憶所虛構出來的罷了，而世上也根本不曾有這本小說存在過。

一直等到多年後我拿到博士學位進入大學教書，歷經知識殿堂的過度洗禮之後，對於文學不免生出了一股職業性的麻木和倦怠，才知道台灣文學史上果然有繁露的《千里共嬋娟》，不免大大地吃了一驚，只因為這場童年的閱讀經驗，於我太像是一場無來由的夢。

但它又未免太過真切，一如我們的人生也根本毫無因果和邏輯可言。

◆

我經常瞪視著自己的一雙手，懷疑究竟是誰如此多事創造了我？也或許，我根本就不存在？而這些困惑並不真正令我煩惱，反倒使我有著一種祕密的驚喜，無法對人訴說，卻足以使我的童年生活盈盈閃光。

奇異的誘惑之光，從無聊的現實背後滲透出來，如琥珀或是蜜蠟，可以將死亡永遠地封閉在其中，並且想像在下一刻它即將就會復活，栩栩如生。

想像之光。一條看不見的繩索，從天上垂入深井之中。

我開始在家中翻箱倒櫃地找書，這一切都是瞞著母親進行的，但事實上是她從早到晚忙於生計，根本沒有空去理睬我，我因此獲得了自由。

我唯一能找到頭尾完整而且有始有終的小說，竟是賽珍珠的《大地》，或許就是母親買來的，但不知為何已被她棄置在書櫃的冷宮之中，只等待我重新把它挖掘出土，當成寶貝每天捧在手掌心上反覆地閱讀。

賽珍珠是二十世紀初年的美國女作家，小說卻是描寫中國北方農民的故事，對我而言這兩個國度都遙遠到不可想像，但有距離的陌生才好，才不會被成見所汙染，被別人的閒言閒語所入侵。

於是接下來很長的一段日子裡，我就這樣默默守著小說中的黃土地，唯我所獨有的祕密時空。或許是書中那些飽受旱災和飢荒所蹂躪的北方農民，被迫揹起包袱流亡異鄉，讓我潛意識聯想到了離開高雄而北上的自己，也是同樣對於未來感到莫名的焦慮。

也或許是書中一貧如洗的男主角王龍，在突然發跡暴富之後，居然狠心拋棄了自己的髮妻，迷戀上一個如荷花般美麗的妓女。這讓我感到既氣憤又傷心，想到了自己的父親也是同樣無情到不可理喻。

我總以為鑽入小說的字裡行間，就可以找到一個原諒負心漢的理由，或是一種足以讓我釋懷的悲憫。但並不容易，那條道路迂迴漫長而充滿了矛盾的分岔，通往超越了善與惡對立的地帶，而那兒迴盪著的竊竊私語，正日以繼夜來回撥弄著我的心。

那條彎彎曲曲的鐵路

火車緩緩駛入台北車站黯淡的月台，曲彎的鐵路終來到盡頭……

或許是我入戲太深了，體貼小說中的人物經常更甚於自己的家人，因此當日後長大了些，我偶爾從報刊上讀到文章批評賽珍珠《大地》太過淺薄通俗，不配得到諾貝爾獎之類，就忍不住要為之叫屈。

我想像躲在這些文字背後的所謂書評家，天生就是一副尖酸刻薄的惡毒嘴臉，所以才會如此毫不在乎地糟蹋別人，硬生生毀掉了一本最早住進我心底的書。

書評中找不到愛和憐憫，但我疑惑的是，如果將這些情感全都剝除殆盡了，那麼文字又有什麼存在的意義？

事實上我別無選擇，在日常生活中所能找到的書少得可憐，不只家中沒有，就連國小的圖書館裡也空空蕩蕩的，根本沒有人在意該給孩子們讀些什麼？所以竟連《六法全書》之類的法律用書，也不知道被誰拿來放在書架上充數。

我因此找到一本有關訴訟的書，誤把書裡一則則短短的法律判例，全當成是故事來讀。

那些判例的主題五花八門，有離婚、詐欺、恐嚇、爭奪財產，甚至搶劫殺人，竟和賽珍珠的《大地》沒有什麼兩樣，只是出之於一種更加嚴厲的口吻，句子只剩下了主詞、動詞和名詞，既沒有音樂性，更沒有聲音、顏色和感官氣味可言，就是故意不要激起人的任何一絲憐憫，但卻又異常諷刺的，昭昭控訴著人性之中最強烈的愛與恨。

十歲不到的我讀了只是說不出的疑惑。當邪惡漲大到某種程度，足以將世界推倒傾斜之時，悲劇也就變成了一齣荒腔走板的荒謬戲，在我的面前展開了一個哈哈鏡似扭曲而變形的人生。

◆

我寧可回到一九七〇年代中葉那已經一腳踏入工商業，卻依然依戀著農業時代的台灣社會，現代科技尚未入侵生活的每個角落，因此還遺留下來大塊大塊的空白，足以讓一個剛學會識字不久的孩子坐在陽台上，望著盆地邊緣起伏的山巒，甚至是自己的一雙手發呆。

我無聊到貪婪搜尋起眼前所能見到的一切文字，從街道上的壓克力招牌、張貼在電線桿上的小廣告，到公布欄貼著黑白照片的尋人啟事。每一張失蹤的臉孔都是面無表情，分分秒秒瞪視著在前方往來的行人，以沉默宣告：我已遁走，無庸再尋。

但這些人究竟消失到哪兒去了？每張臉、每個字都化成了一扇半掩的門，而門後光影迷離，深邃得讓人發暈。

他們讓我想起了童年讀過的一套書《保母包萍》，每個孩子都喜歡，因為誰不希望有一個陌生的女人從天而降，她好玩有趣無所不能，而且比起自己的母親還更加寵愛我們，撐開一把雨傘就能帶領我們飛向高空？

那幅升天的畫面莫非是在暗示死亡？孩子們張開雙手一邊飛舞一邊咯咯笑著，讓人不禁聯想到《吹笛人》的童話，孩子夢遊似地跟在吹笛人的身後，臉上帶著恍惚的微笑，一個接著一個跳入黑洞之中。

我也是長大以後才知道，原來《保母包萍》形同是作者崔弗絲（P. L. Travers）的自傳變形，而躲藏在奇幻童話表面底下的，卻是一個孩子真實的悲劇身世：因為父親破產，家庭成員不得不流離四散的類孤兒。

莫非那些最初打動我的作品都是如此？渴望要離開此地，並且一廂情願地天真幻想著：在道路的前方，必定有一個善心的陌生人在等我。

◆

令我始終念念不忘的，還有中華兒童叢書的童話繪本《大房子》，作者署名吳明，也不知道是誰？直到多年後我才查出，竟然就是小說家潘人木的筆名。

故事描寫住在南部鄉下的男孩趙威文，因為村子一場突如其來的大火而淪為孤兒，無家可歸的他，想起了當建築工人的父親曾經說過，在台北為他蓋了一間「大房子」，還不厭其煩在紙上一遍又一遍畫下房子的模樣。

於是趙威文決定沿著鐵軌一路往北走，去尋找父親口中的「大房子」。在經過了幾天幾夜的長途跋涉，他終於抵達台北，但殘酷的謎底揭曉：原來父親所畫的「大房子」居然就是總統府。

後來每當我經過凱達格蘭大道，看到道路盡頭那棟氣派的赭紅色「大房子」時，心底就不免浮現了這個故事，訝異在那個戒嚴的年代中，潘人木居然敢挑戰總統府的威權，以之為家的隱喻？甚至是一個南部鄉下小男孩對於台北的渴望與嚮往？

在《大房子》的開頭潘人木是這樣寫的：「九歲的趙威文，從一個最偏僻的村莊出發，走到了山路的盡頭，終於看見那條曲曲彎彎的鐵路了。」而當年母親不也是懷抱夢想，帶七歲的我搭上平快車，同樣沿著黑色的鐵軌一路北上？

當黎明時分天剛濛濛亮，火車發出尖銳的汽笛聲響，緩緩駛入台北車站髒汙黯淡的月台時，那條曲曲彎彎的鐵路就終於來到了盡頭，我張開朦朧的雙眼，望向車窗外這座被連綿陰雨所濡濕的城市，太陽總是躲在厚重的霧霾之後遲遲不肯出現，而我彷彿好不容易才從一場夢境醒來，卻又不小心墜落了另一場更加淒迷冷清的夢中。

聽多了大人口中的「台北夢」，年幼的我也對於「北」產生了一股莫名的執念，以為「北」這個方向所代表的，必定就是文明和進步。

我的腦海中甚至產生了一幅南北顛倒的台北城市地圖，誤以為北投是在南方，因此每一次到市中心都是在往北走，因為「北」才是繁華的光之所在，才是希望。

然而童年這一路向北的追尋之旅是否終究只是出於自己的想像，一場徒勞無功的跋涉？而那條曲曲彎彎的鐵路沒有盡頭，除了揮之不去的迷霧。

非我族類

那最初階級意識啟蒙，以城市空間呈現，誤闖便會被立刻辨認出來。

公寓一樓的鐵門上了朱紅色的油漆，其實還不老，邊緣卻大多脫落而斑駁了，透露出裡面深黑色的鐵鏽。

母親總是站在鐵門前，低頭在皮包裡翻找了好一陣子才掏出鑰匙，然後喀答轉動了鎖，鐵門這才不情不願地咿呀一聲打開了，像是在痛苦地呻吟著，門後一股潮黑陰鬱的涼氣朝我直撲過來，我不禁倒退了一大步躲在母親的身後。

搬來台北以後，我才知道有四層樓公寓這種建築。過去在高雄住的是透天厝，日光照進屋內一切都是朗朗的，完完全全屬於自己所有。但公寓卻大不相同，每天經由同一扇鐵門出入的是數也數不清的陌生臉孔，也摸不清都是些什麼來路？大家彼此從來不打招呼，總是低下頭去沿著一條樓梯默默飄遁到不同的樓層。

我害怕和公寓的鄰居擦肩而過，也害怕生鏽的鐵欄杆和鐵窗，只要手一不小心握到，就會沾上了一股鐵腥味。

我更害怕公寓頂樓的水塔，那是殺人棄屍的最佳地點，好幾樁轟動社會的重大命案曝光，都是公寓住戶在某一天早上起床之後，打開浴室水龍頭，流出來的竟然是腥紅色的血水。

但最教人害怕的還是公寓的樓梯間。牆壁角落長年堆滿了垃圾，天花板的燈泡總是故障不亮，我在黑暗中摸索著樓梯的扶手，感覺有數不清的蟑螂正幽幽從四面八方爬出，不安地摩擦牠們油亮的黑翅。

我聽得見牠們，那窸窸窣窣的聲響來回刮搔著我的耳膜。我必須先深呼吸了一口氣，然後打開公寓一樓的鐵門，就立刻拔腿拚命往樓梯上狂奔，跑到雙腿發軟渾身汗毛直豎。

因此每晚回家都成了一次歷劫歸來的冒險。然而我沒得抱怨，類似的四層樓公寓在這裡密密麻麻相依相偎，蔓延成了一大片廣袤的浮土，哀哀濁世，不只我，還有無數的人居住在其中，他們卻活得興致昂然有聲有色的，以一種我所無法想像的理直氣壯的歡樂。

◆

我家公寓附近的巷弄看似尋常，但其實一點不平靜，有郵局，也有開雜貨店的，賣小吃滷肉飯、蚵仔麵線或豆花的，甚至電玩和小型的私人賭場，以及一間我最常造訪的租書店，裡面堆滿了言情羅曼史、武俠小說和日本漫畫，造就了我最初營養不良的閱讀品味。

傍晚時分，鐵窗後的每家每戶照例飄出炒菜的油煙味，不知哪個女人扯直了嗓子在鬼吼，混合著電視機歌仔戲哀怨的哭腔。

這是一個雞犬相聞，老死不相往來的現代桃花源。

我總懷著一種不可思議的驚奇在公寓之間遊走。這是生命中最早的旅行，有時我還會壯起膽子來走得更遠，像在跨越國與國的邊境，而每一條巷子都形同是楚河漢界。

心情好時，我喜歡往石牌和天母的方向走去，那兒是截然不同的風景，四層樓的公寓國宅不見了，取而代之的是一整排精緻小巧的白色別墅，前方還有一方用紅色磚牆砌出來的小小院落，翠嫩綠葉的枝椏紛紛從牆上好奇地探出了頭。

我站在別墅的前面踮直了腳尖，仰起頭，可以看見二樓的落地玻璃白紗窗簾後面隱約有人，正在叮叮咚咚地彈鋼琴，彈得心不在焉，有一搭沒一搭的，音符懶懶地搖曳而下，一一墜落在瀰漫著梔子花香的空氣中。

坐在鋼琴前的那人，或許是一個和我年紀相仿的女孩吧，十歲左右，還懵懵懂懂對於眼前的世界存在著許多的疑惑，所以當手指按下琴鍵之時，才會有著一股莫名的遲疑，就像在經過漫長的午睡之後突然醒來，睜開雙眼，卻還不能相信，懷疑自己是否仍在夢裡？

◆

如果真的仍在夢裡，那麼我又是誰呢？

我常幻想自己其實是個孤兒，而真正的父母另有他人。讀《乞丐王子》時心頭竟是莫名一驚，以為就是在寫我。王子一時貪玩扮成乞丐，卻沒有想到從此流落民間，再也回不去那一座華麗的宮殿。他穿著破爛的衣裳站在熙來攘往的市場裡，遙看遠方的殿內燈火輝煌，究竟是來自於前世？或是今生？恍然已是南柯一夢。

我也常幻想坐在那片落地玻璃窗後彈琴的女孩會是誰呢？讀的是哪一間國小？父母親在做什麼？是否穿著一襲所有小女孩都夢想擁有的白紗蓬

蓬裙？也或許她才是真正的我？而此刻佇立在屋外的我只不過是在打盹，一不小心就被夢的野獸含入了牠的口中。

那是我最初階級意識的啟蒙，以城市空間的方式呈現在我的面前，一不小心誤闖入對方的地盤，就會被立刻辨認出來的：非我族類。

◆

幻想自己命運還存在著另外一套版本的，不只是我，還有母親。

週日的早上無所事事，母親不愛購物出遊，就愛帶我搭公車到關渡宮拜拜。我們下了車後，先在街上的商店買香燭紙錢和供品，照例是鑲著桂圓的糯米糕和黃澄澄的橘子，便以肅穆的心情捧著它們，提腳跨過關渡宮高高的門檻，走到大殿神壇前獻上，然後跪下來焚香禱告。

母親緊閉著雙眼手捧三炷香，嘴唇不斷喃喃地一開一闔，而我也學她的模樣跪下來，卻又忍不住偏過臉去偷看，只見大殿裡跪滿了和母親一樣閉眼禱告的大人，臉上的線條因為過多的焦慮和疑問而扭曲著，抖動著，蔓延成了一片無邊的苦海。

整座大殿洋溢著暗金與赭紅交織而成的微光，讓我感到有些暈眩，也或許是因為吸入過多燃香的緣故。好不容易等到母親禱告完畢，站起身來把香插入香爐，接下來就是此行最重要的目的：抽籤。

母親站在籤桶前好像在跟誰賭氣似的，張開手掌奮力地旋轉起木籤，轉出了嘩啦啦的巨響，就在吉凶禍福的漩渦中，她忽然唰地抓起一支籤來，以為那必定就是神明賜予的答案。

我也被母親傳染愛上了抽籤，每回上關渡宮總是一支接一支地抽著，不知從哪兒生出來那麼多的問題？正因對於人生一無所知，才會如此誠惶誠恐，我把那些抽來的籤詩都當成了寶貝，對折再對折，小心翼翼藏在隨身的口袋裡面，每每在學校上課無聊發慌時，我就拿出來反覆地讀著，讀到滾瓜爛熟默背於心為止。

那些籤詩成了我最早讀到的七言絕句，但詩句卻大抵似通非通。「舊恨重重未改為，家中禍患不臨身」，這「舊恨」和「禍患」指的是什麼？「未改為」三個字的意義更是曖昧難解。

至於「欲去長江水闊茫，行舟把定未遭風」，這兩句又未免令人惆悵，既然無風，何以「行舟」？又為何非去「長江」不可？

古怪晦澀的詩句不像人語，更像天機不可洩漏，是來自於神的竊竊私語，所以才故意不說清楚，哪有那麼容易就教人參透？

籤詩的下方還有一排寫著「功名」、「六甲」、「出行」和「婚姻」，每一道都是人生的重大習題，而前途吉凶未卜，又有誰能讀出藏在鉛字底下的弦外之音？

我和母親卻總是不死心，非得要抽到一支上上籤才肯罷手，然後才心甘情願帶著幾綑紙錢到金爐前，用熊熊烈火燒了以謝天。燒完了，母親就牽著我的手走入古佛洞。

那是一條穿越象鼻山的陰冷隧道，洞壁的兩旁開龕立有二十八尊天王、夜叉和金剛，每一尊都是怒目睜眉，相貌似人又似鬼。祂們的手中高執著一把斬妖除魔的寶劍，正準備要大開殺戒。

但人世又哪來這麼多的魍魎和鬼魅？莫非只有我一人看不見？我不安地走向古佛洞的盡頭，那兒蕩漾著青灰色的迷濛天光，讓人一走出洞就大夢初醒似的，恍如又重新回到了人世間。

原來洞口正面對一條遼闊的大河，那光便是來自於河與天空的相映生輝。大河的水流平緩，一路朝北從容地流向了大海，直到隱沒在天際，如此神祕，如此蒼涼，如此幽靜，一如我剛才所抽的籤詩，全都是來自神的隱喻，但卻從來沒有人告訴我，這條河究竟叫做什麼名字？

直到很久以後我才知道，原來它就是淡水河。

深夜裡的廣播劇

黑夜下母親的體溫帶來極大安全感，那是我一生和她最親密的時光。

我想，我的母親並不真正看見了我，她總是把我幻想成另外一個女孩子。我的頭髮又細又少，像是長了腳的棉絮，但母親卻執意要幫我綁成兩條辮子，垂在肩膀上，幻想瘦巴巴的它們其實長得肥壯飽滿，尾巴還能繫上兩朵漂亮的紅色蝴蝶結。

我天生一副瞇瞇眼，嘴巴太大太寬，說起話來常含著雞蛋似的咬字不清，一遇到捲舌音舌頭就忍不住要打結。但母親卻幻想我有一雙烏溜溜的大眼，以及一張能言善道的菱角嘴。

母親所幻想的女兒還十項全能，多才多藝。

從高雄搬來台北時我剛升小學二年級，正是可以大展長才的時刻，母親開始努力把我打造成幻想中該有的模樣，安排我參加演講、朗讀和歌唱比賽。只可惜我天性膽小，一站上台就腦袋空白喉嚨緊縮，聲音發不出來就活像是蚊子微弱的嗡嗡叫，就連坐在台下的裁判聽了都忍不住搖頭嘆氣。

但幻想的女兒不死。

母親又幫我報名台視的兒童益智比賽。當時由《五燈獎》吹起了一股兒童才藝競賽風，母親當然不會錯過。在正式錄影之前，我先被工作人員帶去後台畫了一臉的大濃妝，然後進燈光尚未全部打亮的攝影棚進行彩排。

陰森森的棚內冷氣開得極強，我穿著無袖的小洋裝冷得直打哆嗦。在電視只有三台的年代裡，節目的男女主持人都是家喻戶曉的大明星，我親眼見到他們本人出現在面前，還彎下腰來對我問話，不禁傻了只覺得像在做夢，連最簡單的「你叫什麼名字」都忘了應該要如何回答。

那集節目比的是記憶，由主持人先唸出十種水果的名稱，然後由我和其他五位小朋友輪流在三十秒內重複唸出，誰記得最多，誰就能夠勝出。但彩排時我們這些孩子全都緊張過度，尤其是我，母親在台下急得猛打暗號，我才好不容易勉強說出三種。

這算什麼才藝競賽？主持人不耐煩地看向工作人員，彷彿在抱怨是誰找來這些愚蠢的孩子？然後寒著臉揮揮手下台補妝，一點也不像平常在螢光幕前的親切模樣。

我們一排孩子活像做了天大的錯事，羞愧站在台上，而工作人員在台下嘰咕一陣子之後，決定先洩題。一個戴著耳機的中男子在我們手裡塞入紙條，上面寫著十種水果的名稱，叮嚀在開錄之前務必要把它記牢。

沒想到正式錄影卡麥拉一喊，聚光燈瞬間打亮照得我眼花，我的腦袋又唰地恢復一片空白，十種水果瞬間溜得精光，一樣也不剩，只能眼睜睜看著別的小朋友用自信的語氣大聲搶答，最後我果然得了倒數第一名，只能尷尬下台回家。

◆

母親卻依舊不死心，以為我上台不行，畫畫或許可以，又轉念幫我報名寫生比賽。

第一戰在剛落成不久的新店花園新城，是當時台北數一數二的郊區豪宅，建商為了吸引買氣，舉辦比賽，獎金頗為闊綽，吸引了許多人不遠千里而來上山，一大早就擠滿了新城的圓形花圃廣場。

我們在人群之中左推右擠，好不容易才搶到一處樹蔭坐下，但也只能分到少許岔出來的樹枝可以遮陽。母親向主辦單位領來空白的畫紙和蠟筆，要我畫下遠方青翠的山巒，以及隱身在綠樹之間若隱若現的白色洋房，但我被太陽曬得滿臉通紅，只看見眼前一片黑壓壓的頭顱，於是在紙上心煩意躁地塗抹著，最後還熱到哭了起來。

結果當然又失敗了，母親仍不甘心，繼續帶我轉戰市中心，而這一次是來到才新崛起的東區頂級購物中心，頂好商圈寫生，也同樣吸引了人山人海來參賽，只是這一回畫的不是洋房和綠樹，而是閃閃發亮的摩天大樓以及車水馬龍的街頭。

我們在騎樓找了一處陰涼的角落席地而坐，那是我第一回真正見識到城市摩登，超市的水果顏色鮮豔到不真實，彷彿是從靜物油畫之中滾出，咖啡館美輪美奐的蛋糕令人垂涎欲滴，這城市到處都喊著看我看我，喊到我發慌，不知該從何下筆才好？直到坐在一旁的母親終於忍不住，乾脆捉過蠟筆幫我添了好幾筆，反正也沒有人在監督，結果居然得了入選獎。

頒獎典禮的盛況我倒是記得一清二楚。大大小小的獎品加起來有十幾件之多，全以綁著緞帶的漂亮禮盒包裝，疊起來比我的人還要高，害我領完獎走下台時差點摔了一跤。

這獎領得實在心虛。主辦單位本來就是為了宣傳，所以撒錢不手軟，獎額多多益善。但母親已心知肚明，不得不承認我是一個老天爺給的不完美的孩子，於是幻想的潮水退去，她終於不再逼我參加比賽了，現實中也逐漸出現了更多足以讓她疲憊分心的事物，而不得不把我暫時擱在一旁。

◆

就在母親無力著心的時刻，反倒讓我開始起了微妙的變化。在娛樂稀少的七〇年代末期，晚上九點過後就沒有電視節目可看，我們養成了早早熄燈上床就寢的習慣。黑暗中，母親照例打開床頭的收音機聽警廣羅蘭主持的《安全島》。

節目最後的一個單元「你怎麼辦」是有獎徵答的短劇，每回故事設想一個危機處理的情境，而在抉擇的關鍵時刻，劇情就會忽然打住，邀聽眾一起來為主角設想接下來應該「怎麼辦」呢？

這時母親總喜歡反問我：「那你怎麼辦？」在黑夜的保護之下，母親的體溫和棉被的覆蓋帶來了極大的安全感，讓我變得白日未有的古靈精怪，和母親開始你一言我一語，吱吱喳喳興奮地說個沒完，直到倦了累了才在不知不覺中睡著。

等到第二天起床，我就看見母親已經伏在桌前把昨晚聊的結局寫在明信片上，投到警廣，居然好幾次都雀屏中選。當我豎直耳朵聽見羅蘭以她那充滿磁性的聲音娓娓唸出母親的名字時，我在床上又叫又跳，簡直比中了愛國獎券還要開心。

那是我一生之中和母親最親密的時光，大約維持了兩、三年左右，直到我升上國中，英數理化的功課難度突然大幅加深，我的成績在瞬間一落千丈。

國一下學期分班考試的結果公布，我被踢出好班，改分到中段班，這代表我與高中甚至大學聯考無緣了，將來注定只能夠讀職校或是五專。當母親收到這項壞消息時什麼也沒說，只是默默躺在床上，將棉被拉起來蓋住了自己的臉。

她已經體認到我無可造就，在徹底死了心之後，乾脆就把全副的精力都拿去攢錢。先是在北投大業路開通後的新社區裡開了一間小小的撞球間，每天從任教的國小下班回家以後，草草煮了晚飯，隨便扒幾口，就連忙搭公車到撞球間去顧店，往往一待就到深夜。

同時我們也改搬到實踐街巷弄內一間一樓的公寓，屋後原本有一條寬闊的防火巷，但全被挨家挨戶用鐵皮搭出來的違章建築填滿。母親也如法炮製，讓原本三十坪的房子因此足足膨脹了一倍，變成六十坪不止，再請人用三夾板隔成了十個房間，而我們自己只住其中的三間，剩下的就分租給來於自四面八方的異鄉客。

我從此過起一種人來人往大雜院似的生活，夜深，卻人不靜，我每每熄燈之後，仍可以清楚聽到房外走道上的人來人往，更再也不曾有機會和母親並肩躺在床上一起共眠。

這間狹長形的公寓只有一扇對外的窗戶，就開在大門口的旁邊，除此之外全都是用水泥砌成，或是以三夾板隔出來的牆，一道又一道全將光線阻擋在外，而把屋內切割成了一座伸手不見五指的黑暗迷宮。

我因此走在家中，一不留神就會失去了方向，像是盲人，或是聾啞。陽光在公寓之外緩慢徘徊著，游移著，怯怯的，一寸一寸掠過了鐵皮搭出的屋簷，而屋內又冷又暗，讓人想起了闍渡宮的古佛洞，只是妖孽一時難以除盡，而人間依舊遍布魍魎。

那麼你能怎麼辦呢？我輕輕反問自己。但這一回已經沒有人在意我的答案，所以沒有吱吱喳喳的討論，沒有回音，更沒有獎賞。

句尾的問號像是綁住了一塊石頭，被拋進深不見底的井中，從此無聲無息。但我必須學會耐心等候，反覆地叩問，像在敲一扇頑固的門，期待或許有一日它就會變得柔軟，而願意帶領我穿越了黑暗的皺摺，走向那沐浴在奇異之光下的，故事的解答。

無辣不歡

沒有太陽的日子照樣淋漓大汗。不敢相信，原來痛苦也是一種暢快。

張愛玲在〈天才夢〉中寫道：「我是一個古怪的女孩，從小被目為天才，除了發展我的天才外別無生存的目標。」

我看了只是羨慕，懊惱自己太過膽怯，連「古怪」都不敢，更談不上「天才夢」了，只剩下發財夢，而且做夢的還是母親，我只是不由自主被一起拖入了夢中。

母親在小學教書，當年能考上師專的都是高材生，只是困於家境貧窮才選擇了當老師一途。但教書微薄的薪資，經年累月下來卻把她的性格壓縮成了一種奇怪的混合，既驕傲又落魄，只能想方設法多掙點錢來撐起自負。

就在八〇年代之初台灣經濟起飛房價飆漲，一條貫穿石牌到北投的大業路開通，也帶動了原本荒涼的北投後火車站一帶的房地產，於是一座全新的四層樓國宅社區就在茫茫野草之間拔地而起，母親看中了這兒房價便宜，因此買下兩戶，一戶在三樓準備自住，另一戶是巷子底的一樓似乎可以拿來開店。

她最先想到的只有文具店，便買來兩座玻璃櫃，裡面擺了些鉛筆盒、色紙、蠟筆和習字簿，就這樣因陋就簡地開張營業。但大業路底天蒼野茫，一走出門就正對著遼闊的關渡平原，彷彿與世隔絕，新的社區又沒有學校，住戶稀稀落落的孩子也少，附近商家幾近於零，文具店根本就是乏人問津。

有時放學後母親叫我顧店，我坐在店內一張冷冷的灰色小圓鐵凳上，望著玻璃櫃裡的鉛筆盒發呆，因為數量不多，所以要盡量把它們排得疏落一些，才會好看，但如此一來卻又更顯得尷尬可憐。

印在鉛筆盒上的圖案多半是迪士尼公主。她們在玻璃櫃裡也委實躺得太久了，經過長久的日曬之後，顏色褪了又蒙上灰塵，就像是換了一張令人不忍卒睹的老臉。

終於半年過去，母親承認開店失敗，把賣不出去的文具全都轉送給了我和姊姊，卻仍然沒有從發財夢中醒來。

這一回她改開起五金行來，還是沿用同樣的玻璃櫃，只是放入各式各樣的鍋碗瓢盆，塑膠或不鏽鋼製成的。但這兒位在巷子底又是純住宅區，根本沒人會特別走進來光顧，生意依然不見起色。

唯一稍有人氣的時刻，是每天早晨關渡平原的小農挑著扁擔，沿著一條主要的巷道走進來叫賣。母親靈機一動，星期天就在巷子口鋪了張油布，也把店內的鍋子全搬出來擺地攤。

母親要剛上國中的我幫忙顧攤。我同樣是坐在那一張灰色的小圓鐵凳上，望著手挽菜籃的婦人在街上來來去去的，如果她們在攤子前面停住腳步，蹲下身來挑選鍋子，我就會覺得血液直衝腦門心跳加速。

若她們還開口問：「多少錢？」那我更是一陣頭暈目眩，母親剛才交代的數字全從我的腦海中插翅高飛。

她們若再開口殺價，那我更是毫無招架的餘地了，往往掩面隨口說出一個數字，心想應付過去就算了。但看到她們驚喜發亮的眼神，我就知道自己又犯了錯，但話已經說出口無法挽回，不知有多少鍋子就這樣被我草草地賤價賣出，直到母親中午來才發現，只能蒼白著臉氣到渾身發顫。

◆

但這不能怪我，不光是我，母親自己也沒有經商的天分，這都得歸咎於遺傳。我們家族從來沒有出過商人，只出讀書人，而且還是注定一窮二白的老師。

五金行當然很快又倒閉了，母親轉念想賣便當，同樣是慘澹收場。不久後她又突發奇想要開桌球店，但生意依舊低迷冷清，只得把球桌收了，改放撞球檯，這才總算吸引到了一群成天在社區遊蕩無所事事的青少年。

只是撞球一分鐘收一塊錢，一日復一日，不知要到何時才能發得了財？從此以後我沒課時也得去顧店，當起撞球的計分小姐，聽到客人咚的一下球滾入袋的聲音，就寒著臉站起身，拿粉筆朝掛在牆上的小黑板上劃一橫。

劃完了，我又坐回那張又灰又冷的小圓鐵凳上，縮在牆角發愣，瞪著牆壁上的時鐘分針和秒針相互競走著，像是一場沒完沒了的馬拉松，心裡所想的卻全都是錢，果然就像張愛玲〈天才夢〉所說的：除此之外「別無生存的目標」。

母親當年以第一名從女師專畢業，總是天真地相信，努力就必定能夠換來成功，但如今她也不得不承認發財不比讀書，能夠發財的人才是真正的「天才」。要認清自己的平庸著實不易，於是我們的發財夢始終是夢，而且一場比起一場還要來得更荒腔走板，夢醒之後身上沒有華美的袍，只有爬滿了數不清的蝨子。

◆

我家一帶舊名為「下田寮」和「破竹圍仔」，附近多是農田和竹林，其中只有零星散落著幾戶古厝和農舍，可以說是平原中荒涼之荒涼。

直到大業路開通以後才出現了這座新社區，房價便宜卻仍少人問津，彷彿是創世紀開天闢地以後，一塊被上帝不小心遺忘在邊陲的無主之地。

尤其冬天來臨時，社區的公寓就會淹沒在北風的鬼哭神嚎裡，每每讓我懷疑家裡的門窗會被猖狂的風席捲而去。

但在無風的時刻，這兒卻又是安靜異常，靜到我坐在家裡，就可以聽到自己的呼吸和心跳，沉著而有力，如此堅持並且渴望要活下去的，一副活生生的血肉之軀，真切到反而讓人覺得像是一齣荒謬劇。

奇怪的是我努力回想，竟也想不起任何一個鄰居的長相，也或許，根本就沒有人搬進去過，如此人煙罕至，哪裡像是在台北城？

唯獨有兩張臉從我的記憶中幽幽浮出。

一張是老婦人的臉，我家附近唯一一間麵店的老闆娘。那間店隱身在北投火車站後站的巷子內，門口既沒掛招牌，店內也沒有菜單，就單賣一種陽春麵，切點海帶或豆乾，便是我們最豐盛的一餐。

老闆娘也多半不點燈，生意愛做不做的，非得要等到顧客上門，拉高嗓子叫喊了幾次，她才心不甘情不願地從沒有光的室內緩緩走出來，沉著一張臉不看人，也不開口，就是啪的一聲打開鍋蓋，轉開爐火，再抓起一把麵條拋入一鍋的滾水裡，白花花的蒸氣在瞬間轟然湧起，撲了我滿頭滿臉。

我瞇起眼看老婦人不慌不忙拿著一根木製的長杓，伸入鍋中撈麵，啪啪甩兩下，瀝去了多餘的水。不知怎麼的我總以為那是天底下最美的一份工作。當時如果有人問我未來想做什麼？我一定回答去賣麵。

賣麵多好，整天沐浴在夢一般的水蒸氣裡，而且那夢是香噴噴的，麵條還沒下肚，就已經暖和了體內的腸與胃。

另外一張難以忘懷的臉，卻不住在我們這座社區裡，而是每天傍晚踩著腳踏車來叫賣臭豆腐的大叔，據說是退伍的老兵。

我在三樓公寓一聽見他遠遠的叫賣聲，就二話不說衝進廚房拿起盤子，飛也似地跑下樓。附近人煙稀少，大叔的車總是騎得飛快，一下子就大老遠了，我還得拚命去追，拖鞋急忙拍打著柏油馬路劈啪作響，在天地之間起了驚人的迴盪。

這時我就會看見他趕緊踩住煞車，轉過身來，便是一張朝氣洋溢的臉。他總是笑得燦爛，把生氣帶進了這一座死氣沉沉的小城，就像是在理直氣壯地說乾坤朗朗，歲月靜好，所以能在這兒賣上一鍋熱氣騰騰的臭豆腐，也是人生難得的福氣。

幾年後大叔果然賺了錢，不再騎車叫賣，改在北投夜市旁開了一間「老顏臭豆腐」，我這才知道他姓「顏」。這姓也未免太好，一如他明亮的笑臉。

我總是愛向老顏討辣椒，說不夠不夠，再多一點，再多一點，整盤臭豆腐全淹沒在紅通通的辣醬裡，根本是在吃辣而不是豆腐。

老顏也總驚奇地看著我，像是在看一個深藏不露的武林高手，說：「從來沒見過這麼會吃辣的女孩子！」

吃辣也能算是一種天才嗎？那麼我倒是從小就發現了自己過人的本事，任誰看了都會嘖嘖稱奇，吃起辣來打敗天下無敵手，這是味蕾最大的放縱與奢侈，我成了無辣不歡的孩子。

我吃辣的本事也多在北投的小吃攤中養成，它們多仍遵循古法，有家花枝羹不同於一般的生炒，老闆娘把花枝切得方方正正，裹上調味的太白粉，放入木製的蒸籠裡蒸，待蒸熟了取出，澆上一勺濃稠的羹湯便成。

我獨愛那木製蒸籠蒸出來的食物，別有一股溫潤的陳香滋味。光明路的斜坡上有家專賣宵夜的麵攤，排骨酥也同樣用蒸，而且燒的是炭火，不是瓦斯。老闆娘因此時不時就得彎下腰去，揀一塊黑炭丟入火盆中，拿起扇子來賣力地搧風。

那盆火在黑夜中不安地吐出紅舌，發出嗶哩剝落的聲響，濺出點點明亮光燦的花火，映照著老闆娘鼻梁上微微晶瑩的汗珠，那幅景象不知怎麼的總讓我想起了維梅爾（Johannes Vermeer）的畫作。

說來可笑，有時我吃辣只不過是出於一股倔強，或是逞能，或只是為了博得老闆如老顏的一句驚歎，以為不吃辣，就不足以接地氣似的。

那股辣勁卻一直在我的血液裡沸騰，若說是以此取暖，那麼火也未免太過猛烈了，因此更像是在自虐。

既然燃燒不了別人，那麼就燃燒自己吧。無辣不歡，沒有太陽的日子照樣出了淋漓大汗。就像在仲夏午後的暴雨之中奔跑，渾身全濕透了，只是不敢相信，原來痛苦也會是一種暢快。

被聯考壓得喘不過氣，眼神茫然落向遠方，像是在等待果陀到來。

外面的世界

睜開眼時天總是還沒有亮，尤其冬日的清晨，太陽起得特別遲，甚至根本沒有現身，青灰色的霧氣就這樣從關渡平原一路瀰漫過來，靜靜地一直不肯散。

但擺在枕邊的鬧鐘已經響了，我必須起床。昨夜我早已把制服準備好了放在床頭，此刻摸索著換上，早餐也懶得吃就揹起書包，夢遊一般走出了公寓的大門。一雙還沒清醒來的腳彷彿不是自己的，我只能硬拖著她們，沉沉地走向公車站牌。

這裡是大業路底，公車的起站，六點半第一班二六九號公車的黃色車頂準時在霧中出現，朦朧的，像是一彎從夢境冉冉浮升的月亮，朝向我漂浮而來。

公車門唰地一聲打開了，面無表情的司機也像是在做夢，從來不看人，而我也是，跳上車就往後走，直到最後一排挑了靠窗的位子坐下，用外套蒙住臉倒頭就睡，也不知和誰在賭氣似的就是拒絕看這個世界。

真不知道青春期哪裡來這麼多的憤怒？憤怒自己太矮，太胖，太蠢，課本太無聊，生命太苦悶，彷彿不如此憤怒，就無法證明自己還能勇敢地活著。

但有時也是害怕的，到校後的早自習經常就是小考，我坐在公車上手捏一張英文單字蒼白著臉喃喃背誦。而這只不過是一天的序幕罷了，緊接在後的還有一連串的大考小考，有時候老師連中午吃飯的時間也不肯放過，要我們邊吃便當邊考，一不留神考卷就會沾了飯菜的油汙，卑微到令人不忍。

但這一切都是自願選擇的結果，怪不得別人。

明明北投也有國中，母親卻偏偏安排我越區就讀。當時士林國中的升學率是全台北市第一，我們班後來全都奇蹟似地考上了前三志願的高中。但第一不是僥倖的，必須付出三年的代價，所以如果我當初選擇留在北投讀國中又會如何呢？人生的未來竟成了一念之間的僥倖和賭注。

但我根本不在乎這場賭注的結果。未來太遙遠，已經超過了十三歲的我的視野。而此刻的我只想將額頭抵在又硬又冷的車窗玻璃上，瞇著眼看黎明迷濛的天光靜靜籠罩著關渡平原，不知不覺便被公車前行的搖晃節奏給催眠了，困在夢魘撞破了頭也出不來似的，忽醒又忽睡。

◆

睡意朦朧中，公車已經跨越了士林橋。

我每天上學放學打從這座橋上來回，卻從來不曾意識到橋的底下有一條潺潺的溪水流過，而且名字極美：外雙溪，讓人聯想到李清照的「只恐雙溪蚱蜢舟，載不動，許多愁」，如此抒情哀怨卻和喧囂的士林一點也不搭配。

但士林確實是上下依傍著溪水沒有錯，上有一條外雙溪將它和北投分隔，下又有一條基隆河切開了它和台北，也切出了我少年時代探險的疆界，只要一跨越外雙溪士林橋，就已經算是來到了外面的世界，而要是再渡過基隆河來到了中山北路，那更是教人恐懼的繁華大千。

越區到士林讀國中之後，同學的出身背景也因此大不相同起來，小學時同學多是出自於軍公教或務農的家庭，如今同學的父母卻大半在做生意，從夜市擺攤到開藥房、租書店、瓦斯行，乃至經營工廠住在仰德大道豪宅的都有。但不管家中的經濟狀況如何，她們都和我一樣被聯考壓得喘不過氣來，也同樣都得在清晨爬起床喃喃背誦單字，眼神茫然落向遠方，像是在等待果陀到來。

果陀卻永遠也不會來。唯一能夠拯救我們的是學校大門前的一條中正路，兩旁都是霓虹閃爍的熱鬧商家。放學後我們揹著書包一出校門，就成了吱吱喳喳的麻雀沿路飛散，不管經過的店在賣什麼，就非得要找個藉口走進去晃一晃不可，又故意迷路掉了隊伍，放慢腳步假裝追不上回家的公車。

同學家在開藥房，是中正路轉角的黃金店面。我總好奇拿全班前三名的她究竟在什麼地方讀書？因此跟著她回家，穿過有落地玻璃的狹長店面，轉入藥櫃的後方再爬上一道又窄又陡的樓梯，才能來到二樓她同樣狹長的房間，而床邊一道狹長的書桌就緊挨著氣密窗。

她拉開窗戶讓我探頭往下望，下面就是一條油煙味和汽機車喇叭聲沸騰的中正路，川流不息的車燈亮到教人不忍逼視。原來當數學小老師的她每天就是坐在這道桌前，拆解那些有如天書一般艱澀的習題和公式？

她坐在床沿微笑看我，嘴角的弧線就像她寫的一手好字，堅毅而且有力。從小生於斯長於斯的她，早就練出了一種臨危不亂的本領，而不像我總是如同一只歪歪扭扭的風箏，硬是想要離地起飛，卻只能在半空之中搖擺著飄忽不定。

只因士林對我而已經是外面的世界了。我過分敏感地察覺到自己站在一個和她們不同的位置，等到放學之後的遊蕩結束，我就必須搭上一班返家的公車，再一次越過士林橋，而喧囂沉落霓虹暗去，我又回到了自己所熟悉的關渡平原。

這時馬路就會忽然變得空蕩而寬敞，公車也開始撒野狂奔了起來，活像是匹脫韁的野馬，一口氣就把那個外面的世界甩得大老遠。它帶我奔向了盆地邊緣的山與海，也奔向了一個去到外面就會小心收起來，不教人輕易看見，但私底下自己卻是牢牢緊抱著不放的空間。

◆

在外面的世界之外，還存在更多的世界，我知道自己必須學習走得更遠。

我們幾個國中同學約著一起去西門町看電影，專揀恐怖片。我們對於血腥殘殺的著迷完全不可理喻，也或許這才符合這個年紀對於人性的想像與好奇。

我們第一部看的電影是《藍鬍子》。這是一個多麼奇怪的故事，丈夫為什麼要殺死自己老婆？又為什麼不肯埋葬屍體湮滅證據？那一間掛滿了死屍的密室，是婚姻之中愛恨矛盾交織的隱喻，而十三歲的我們不能理解，只對愛情生出了無端的恐懼。

一部電影又會催化出了另外一部。戲院播放《藍鬍子》前放的預告片是大島渚的《俘虜》，反倒莫名其妙走入了我的心。假日父親來訪，我吵著要去看，好像這輩子也從未如此大膽地向他開口要求過，而他也破例慷慨應允了，於是開車帶我來到西門町。

台灣八〇年代之初的娛樂活動仍算稀少，大家看電影時多半抱著湊熱鬧的心態，哪裡管它是商業片還是藝術片？放映《俘虜》的戲院門口竟然人山人海，父親難得寵我一次，忍痛掏出錢來買了兩張黃牛票。但長達兩個多小時的電影多在二次世界大戰日軍婆羅洲的俘虜營之中打轉，父親看得呵欠連連，大半時間都昏睡過去了，直到電影結束時戲院燈光大亮，才轉頭茫然看著我，第一句話張口就問：「這部電影怎麼連一個女人也沒有？」

這是父親對《俘虜》唯一的評價。他向來只在意女人，但我不是，我根本沒意識到這是一部純男性的電影，父女倆於是各懷心事默默走出了戲院。傍晚的西門町街頭已經陸續亮起了燦爛的霓虹，父親說他還有個約會就不載我回家了，要我自己去搭公車，說完他就匆匆穿過馬路轉進一條小巷弄，剎那間就被人潮吞沒。

從西門町回北投卻是一條漫漫長路，必須從南到北穿越了整座台北城，而週末傍晚塞車尤其嚴重，我擠在公車的沙丁魚罐頭人群中暗無天日，一直忍耐著直到車過士林，大半的乘客終於下了車，才好不容易找到一個臨窗的位子可坐。我一坐下來就立刻把窗戶拉到全開，讓寒冷的夜風嘩啦啦猛灌進來，吹得我的臉龐冰涼澈透，彷彿如此才能安頓一顆發燙的少女心。

黑夜中的關渡平原化成了《俘虜》幽暗的婆羅洲雨林，深邃可怕得迷人，我發現自己墜入其中無可自拔，並且已經瘋狂迷戀上了電影的男主角坂本龍一。

我這輩子還不曾為哪一個明星如此瘋狂過？可惜坂本龍一不是普通的偶像，報章雜誌的相關消息少得可憐，幾近於空白，我只能夠靠自己去東拼西湊，才知道他是音樂人，於是又買來《俘虜》的音樂卡帶，夜夜睡前趴在床上反覆地聽。

那迴旋的音符織成密密的羅網將我捲進了熱帶雨林，我總是邊聽邊哭著睡去了，直到卡帶轉到了盡頭，喀答一聲才恍然驚醒。

我又瘋狂蒐集起他的海報，每天放學後就拉著同學一起到夜市去找。但同學找的多半是當時流行的偶像天王澀柿子隊和近藤真彥，只有我找坂本龍一。海報攤的老闆不會把他擺在顯眼的位置，所以我必須自己一張一張地翻，日積月累下來才好不容易蒐集到了十一張，全買回家貼滿了自己房間的牆壁。

《俘虜》中的坂本龍一是日本軍官，但海報上的他卻常抹了口紅和胭脂，在那個還沒有跨性別扮裝觀念的年代，同學看了只是皺眉，覺得我簡直是個怪胎。但人不瘋不成魔，我才不管他是男還是女。

冬日和同學結伴去沙崙海水浴場玩，她們忙著揀貝殼和招潮蟹，而我自顧自在沙灘上用樹枝寫下坂本龍一四個大字，寫完了又用腳抹去，再寫一次，反反覆覆沉溺其中，覺得自己才是那個陷落雨林中的俘虜。

別人愈是不能理解，我就愈是執著，心甘情願地死命攀住了這四個字，以此浮向那一個外面又外面不知有多遙遠的、用光點所組成的影像的世界。

青春惘惘

又有誰能肯定哪一條路才是好的？
或許爛到底竟開出燦爛人生。

和我同樣瘋狂的還有J。我國中的死黨，被我拉去戲院看《俘虜》後也一起淪陷，我甚至分不清我倆到底誰陷得比較深？反正在其他同學的眼中看來都是瘋子無誤。

只可惜坂本龍一的海報實在太少，我和J異想天開出一個自救的辦法，租《俘虜》的錄影帶用電視播放，然後再拿著相機對準螢光幕，只要一出現坂本龍一的畫面就按下快門。我們因此整整拍了十卷的底片，興沖沖拿去中正路的照相館沖洗，沒料到電視的反光太強，洗出來的照片淨是青灰色的鬼影幢幢。

照相館老闆的兒子也讀士林國中，只比我們高一屆，皮膚白淨得像剛出窯的瓷器。我們坐在櫃檯前一面挑選照片，一面發出興奮的尖叫，暴露出十幾歲女孩才會有的造作和浮誇，而他只是靜靜看著從來不制止也不驅趕，放任我們後來膽子愈來愈大，經常以洗照片為理由就在店內混一、兩個鐘頭以上，也忘了究竟是為了坂本龍一？還是為了他？

但這一切都不過是在苦中作樂罷了。

晚上放學回家以前，導師照例都要算總帳的，每個人必須把一天下來的考卷拿出來攤在桌上，大考小考加起來至少有十張以上，沒到滿分的少一分就得挨打一下。導師腳踩著高跟鞋手拿一根細長的藤條，按照教室的座位順序一個個輪流打下來，也得需要驚人的體力。她經常累到趴在我的桌邊喘氣，但喘完了，還是得挺起腰來繼續打。

我幾乎天天被打連續超過一百下，瞪著藤條就像又細又軟的雨絲瘋狂地落下。打完了，我把掌心放在深藍色的學生裙上來回擦著，是想要擦掉那種火辣的感覺？還是羞恥？被打久了居然也就不再感到疼痛，只剩下了麻木，反倒還可憐起導師打得手疼，胳膊上因此長年貼著一片黑色的膏藥。

我從此領悟到今天落後別人十分，明天就只會更多，不會更少，於是就乾脆放棄了追趕的欲望，只把挨打當成是一頓家常便飯。

但教理化的男老師出手更狠，總板著一張撲克臉拿起書來敲我的頭，不是輕敲，而是狠狠地啪一下重擊，居然沒把我打成腦震盪也是奇蹟。

但傷害畢竟是留下來了，直到畢業多年以後，理化課的惡夢仍然不時出現在夜半時分，等夢醒之後，我才恍然驚覺自己早就不是一個國中生了，但當時的恐懼和絕望卻仍然清晰地湧了回來，歷歷在目，更讓我吃驚的是，長久以來它竟還一直沒有放棄復仇的渴望。

◆

J的境遇比起我好不了多少，我們兩人的成績都是吊車尾，好幾次被導師點名罰站，痛批是「害群之馬」，只會拖垮班上月考的總平均。遭到當眾羞辱的恨，無以名之，幸好我的反應遲鈍總是慢人一步，就連恨也是，當時只覺得說不出口，愣愣的彷彿是被附魔。

但J卻不然。她的個性比我剛烈得多，有一回考試乾脆放棄答題，只在卷子的背後寫滿了「坂本龍一」，寫了上百次不止，四個字在紙上層層疊疊的幾乎沒有留下一點空隙，被導師發現之後氣得打了她一大耳光。

J趴在桌上放聲痛哭，過了許久，才終於抬起紅腫的臉，用一雙布滿了血絲的眼睛看著我，咬著牙顫抖說：「我要報仇！一定要報仇！」

但十五歲的我們哪來能力報仇呢？只能把仇硬生生吞回自己的體內，如此日積月累下來，便逐漸變成了一個怪物也不自知。

J的母親知道這件事後，也不去找導師理論，而是把她蒐藏的坂本龍一海報全撕了，丟進垃圾桶裡。當J告訴我這件事時，我覺得她已經不再憤怒而是倦了，就像是一隻躲在角落舔拭著身上累累傷痕的獸。

◆

我們依舊迷戀坂本龍一，只不過摻雜入更多絕望的情緒，意識到自己或將沒頂，而熱情就這樣一點一滴地被消耗殆盡，只能抓住每一個有可能的瞬間狂歡作樂。

夏天的週末我們相約去同學位在陽明山的豪宅玩耍。山間晴空豔陽高照，我們站在社區中庭一座異常美麗的露天游泳池邊，輪流把對方大力推落水裡，也不顧救生員嗶嗶嗶地吹哨警告。

冬天來了幾個女生就在豪宅內打枕頭仗，從房間的席夢絲床上一路打到客廳的沙發，打到羽毛四處亂飛，我們笑到氣都快岔了，手腳大開癱倒在又厚又軟的地毯上。

這好像就是最快樂的事了，除此之外再也想不起別的，實在稀薄得可憐。

就連住豪宅的同學家境雖然富裕，也不必然是快樂的。我們喜歡去她家，就是因為她的父母不是在工廠趕出貨，就是飛到國外去搶訂單，家裡裝潢得富麗堂皇，卻大多數的時間都只剩下她和讀高一的哥哥在，所以空氣總是冷冰冰的，需要我們這些精力無窮的女孩子去炒熱它。

每當我們玩得瘋過了頭，她哥哥就會從自己的房間衝出來，大吼：「你們還玩？還不趕快念書！都快聯考了，想跟我讀一樣爛的學校嗎？」他讀的是當時所謂的「東、西、南、北」四大爛校之一的流氓學校，但他看起來其實一點也不像流氓。

我們聽了只是哈哈大笑，想說就爛到底也罷。未來的人生太過渺茫，根本無從想像，於是有了一種索性把它全毀掉也好，就可以從此解脫了的消極想法。

幸好我們的導師太過有為，可不允許我們輕易毀了它。她是學校的王牌名師，課後捧著錢上門請求補習的學生不知道有多少？她卻全都推掉，情願每晚留在學校陪我們溫書到十點。說也奇怪，我們班就這樣全被她推上前三志願。我也吊車尾考上了中山女高，但依舊是稀里糊塗的。

所以如果當年沒有遇到那位導師呢？很可能也會在同樣的稀里糊塗中，走向了一個爛到底也罷的人生吧。但又有誰能肯定哪一條路才是好的呢？也或許那一條「爛到底也罷」的道路，竟會柳暗花明，開出一個更燦爛的人生也說不定。

原來人生的好與壞，都是如此的偶然，就像一場夜中忽如其來的夢，醒來之後看到窗簾背後透來的一絲陽光，依然不敢相信那是真的，只因青春的歲月總是惘惘。

暴雨將至

難道這就是青春戀愛滋味？困惑多過於熱情，在大海載浮載沉……

「我們讀的是同一所國中。」S說。他倚在火車門口，背景是車輪滾過鐵軌時發出的哐啷巨響，我因此聽不見他的聲音，幾乎要貼上了他的胸膛，隱約感到有一股熱氣穿透了夜的寒涼。

我參加救國團的寒假營隊，要去高雄車站報到，S也是，湊巧搭上了同一班平快夜車。墨綠色的車廂在黑夜裡搖晃著前進，速度驚人的緩慢，從台北到高雄得要花十個小時以上，S和我一樣找不到位子可坐，又受不了老舊車廂內瀰漫的濁氣，於是鑽過人群到車門口去吹風。

兩張年輕的臉龐，彷彿相識又陌生，就在火車劇烈左右擺動如海浪的時刻，乍然在浪尖相逢，彼此都是一驚，於是就連火車難聞的煤油味也變成一則曖昧的隱喻了。

我早就知道S，國中時的風雲人物，模範生兼朝會司儀，而這時的他倚在火車門口，戴金絲邊眼鏡的臉孔青澀發白，脖子上繫著條灰黑色的方格圍巾，看起來奇怪而拘謹，讓人忽然興起了一股把他的眼鏡和圍巾全都摘下來的衝動。

但我卻什麼也沒做，只是望著車外的天空依稀有星，而大地已被不同層次的黑所淹沒。這塞滿了一整列火車的旅人全被施了催眠魔法似的昏昏睡去了，只剩下S和我依舊清醒著。

平快車在每一個小站都會停靠下來，但月台上根本見不到半個人影，火車卻一直不肯離開，也不知究竟是在等誰？「我們去月台上踩一踩，就算來過這個地方了。」S忽然提議。

他果然還是一個天真的大男孩無誤。我們因此在每一站下車，在月台上大力地踩跳，歡呼著來過此地了。一排瘦長而慘白的路燈佇立在月台上，就像是冬夜中迷失方向的旅人，瞪視著我們困惑如夢，一如我們的荒唐幼稚也如夢。

◆

我們來過了，在彼此的生命之中，卻沒有意識到僅此而已，就像是那晚的平快夜車，只不過是短暫地停靠在一座小小的月台邊，而我們恰巧抓住了那一瞬間，因此打開時間的縫隙而窺見了一個自己從未抵達過的邊境。

我才知道S原來也住在北投，卻和我家的公寓大不相同，是在靠近榮總石牌路上的兩層樓別墅，外表刷著白漆，四周圍環繞一圈石砌的矮牆，而牆內是S母親精心栽種的玫瑰花園。

S的父親只是公務員，母親卻努力打造出一種超越原來階級的生活，包括自己的兒子在內，每天幫他塗抹香噴噴的雪花膏，制服燙出筆直的線條，又讓他學小提琴加入學校交響樂團，不論走到哪兒都拎著一只漂亮的琴盒。

但我的家庭連平凡都說不上，還有著說不出的古怪和混亂，卻誤闖入這個由S母親建構出來的完美世界，就像是在那座白色的城堡上打了一記髒汙，以致於她一看到我就不禁撇下嘴角別過臉。

十六歲的愛情愈是不被承認，就愈像是落入了驚濤駭浪，因此回憶起來沒有所謂的甜蜜可言，只剩下一股朦朧的委屈，被水淹沒了而無法呼吸的、喘不過氣。

唯一篤定的時刻，是我們坐在日光燈下一起寫功課。我的數學好得出奇，總幫讀自然組的S解題。我的目光冷冷穿透了參考書上的習題，沒多久就能把答案看得一清二楚，因此感到銳利的暢快。

如果人生也能像數學習題一樣簡單，那不知道該有多好？我這才發現原來在我的生活之外還存著一個、甚至更多個外面的世界，北投乃至於台北、台灣到地球，原來都是由一層層的階級疊床架屋而成，而我彷彿是在剝洋蔥，每剝一層都要戒慎恐懼，卻還是一不小心就會被嗆得淚流滿面。

◆

我發現自己不認識眼前這座陌生的城市，一如我根本不了解北投的歷史，也渾然不知在北投公園的角落，竟藏有一座一九一三年為了迎接日本皇太子裕仁而打造的溫泉池。在一九八〇年代它早已被樹根氣鬚所淹沒，成了一座沒有人敢靠近的斷井頹垣。

那應該是北投有史以來最沒落蕭條的一段時光了，廢娼禁令讓盛極一時的溫泉酒家紛紛歇業，過往的輝煌一時褪色，取而代之的是被遺棄在城市邊陲的落魄氣味。然而這黯淡的密林深處，也恰正是為我所殷切渴望的，不需要別人來聞問的青春的黑暗深淵。

我和S下課後多約在北投圖書館見面。當時的圖書館只是一棟躲在公園內毫不起眼的水泥建築，被周遭怒生的榕樹所遮掩，而出入其中的大都是一些看報紙打發時間的退休老人，臉孔被慘白的日光燈一照，更是顯得蒼老而鬼氣森森。

但愈偏僻愈冷清愈好，S和我打定主意要逃離大人的世界，把書包往圖書館的桌上一擺，就相偕鑽入夜裡的公園漫遊去了。園內的花草年久月深，乏人打理，樹梢上垂滿了密麻糾結的藤蔓和氣鬚，在黑暗中賁然張開了一只無邊無際的羅網。

我惶惶穿梭其中，想起了小時候外婆曾經說過：每棵榕樹上都坐著一個女鬼，她會趴在樹葉的縫隙偷窺地面，趁底下的行人一不留神，就伸長了手爪把他攫走。

「所以走過榕樹下千萬要當心。」外婆低聲說。

這種說法毫無科學證據，卻在我心中生了根無法忘記。我因此不敢抬起頭來，就怕撞見躲在樹上的一張幽冷的鬼臉。

溫泉鄉入夜之後濕氣特別濃重，氣鬚上結滿了累累的露珠，山間的小巷在街燈下蜿蜒如蛇，泛出溫潤的烏光水滑，像剛哭過似地沾滿了無聲的淚。難道這就是青春戀愛的滋味？困惑的時刻多過於熱情，我們在黑暗的大海上載浮載沉，盲目索求著彼此的體溫，及至被迎面突如其來的大浪一打，才猛然清醒，只覺得說不出的冷。

◆

現實是坑坑疤疤的，但也有快樂的時候，彷彿闖入一場瘋狂的夢境。夏日午後的關渡平原，大地燥熱蒸人，忽然天邊的烏雲以雷霆萬鈞之勢席捲過來，轟隆隆滾向了這片墨綠色的原野，挾帶著斗大的雨勢，淹沒了天與地的界線。

那是世界末日前的最後一場大雨，雨點奮力打出泥土深處的腥味，也打出了黑色的蟲蟻和蚯蚓，牠們被暴露在大地之上，驚恐地扭動著赤裸裸的身軀。

我不愛打傘，就愛和S在大業路空無一人的巷子中奔跑，全身徹底被雨濕透了，制服全都伏貼在身上冰涼得痛快。「你瘋了。」S在雨中大喊。

瘋又有什麼不好？人生本來就應該無樂不作，即使日子單調乏味到一無所有，但只要有愛，所以才願意一起探險，走入關渡平原的最深處，那兒有幾座像是瘋子才會居住的鐵皮屋，孤伶伶矗立在漠漠的煙雨之中，若隱若現的，彷彿是在殷勤誘惑著我們走入另外一個神祕的世界。

我們也果真好幾次沿著田埂，試圖看究竟能走到多遠？一轉身回頭，卻見四周全是比人還高的芒草，滿天的蚊蚋飄搖如雪，而天與地之間裂出了一條縫，將我們全吞噬到沒有禁忌的愛欲裡面。

還有更多無所事事的漫長夜晚，我和S從北投車站的後站爬上月台，等待一列開往淡水的北淡線火車。當一聲汽笛尖銳的長響從遠方傳來，車燈刺破了黑暗朝我們逼近過來，有如太陽愈來愈亮愈來愈亮，幾乎要灼傷了我的雙眼。

就在那一刻我抬起手掩住了自己的臉，一如今日，回顧過往，只剩下一片白茫茫的光。但天知道我有多麼思念那北淡線火車刺眼的燈光，淒厲高亢的長笛聲，而十七歲的我們每天沿著鐵軌拚命奔跑，不知從哪裡來生出那麼多的精力，東奔西走也不怕累？

我們喜歡搭火車從北投到淡水，不去老街也不去紅毛城，對於有名的小吃阿給和魚丸更不感興趣，就直奔沙崙海水浴場。那一帶海流危險溺斃事件頻傳，因此被關閉了好多年，但我不怕，我知道哪一段的鐵絲圍籬有個缺口，在夜中摸黑鑽過去了，就可以直達沙灘。

我總是偏愛黑夜的海，遠勝於白晝。黑是最好的保護色，就像夏日的暴雨，讓人可以放心地撒野。

沙灘旁經常有人在擺攤賣煙火，我們把口袋裡所有的零用錢全都掏出來買下，足足放了一整晚的星光燦爛，在迎面撲來的海風中扯直了嗓子大吼大叫，流眼淚，撒野完了，再乖乖搭上最後的一班火車回家。

這時從淡水出發的火車大多空蕩蕩的，早已不見什麼乘客，我們從第一節走到最後一節車廂，打開門，那兒有一座露天的小小平台，我們於是坐下來雙腳懸在半空中，而腳底下車輪滾動發出嘩啦啦的歌唱，鐵軌瘋狂搖擺如蛇，吐出分岔的長信綿延直到天邊。

我拚命嗅著山林和大海的氣味，從淡水、關渡到北投，而它們也在黑暗中安心地放肆起來，對我敞開了雙臂，坦白說出青春殘酷的盲目之愛，而要等到三十年後的我坐在書桌前，對著電腦敲打出這些文字時，才會忽然領悟到原來那一切都是早已命定的預言。

只可惜當時的我沒能聽懂。

奇怪的是，我居然想不起國中和高中的課堂都在做些什麼？彷彿在學校時全是渾渾噩噩的行屍走肉，平白浪費了大好的青春時光，而唯有在山間和海邊奔跑著的夜晚，才真正走入了我的心，因為在那一刻我已聞到：暴雨將至的氣味。

桀驁不馴

鐵軌愈擺愈快，就像黑色的蛇追咬我的腳趾尖，我在風中大笑起來。

我經常在那一大片荒草之中奔跑，如今夢中依然，醒來只是悵惘。

北投火車站早就消失了，北淡線拆除以後，一度被移到九族文化村當成文物來招攬遊客，政府幾經折騰才好不容易買回重新安置在北投的捷運站旁，改建成為一座小型的博物館，也讓我不禁疑心自己的青春是否已淪為了一件古董？

但夢中的我卻分明還在奔跑著。大業路底的火車後站天高野茫，布滿了和人一般高的芒草，冬天即將來時開滿了芒花，有如遍地白雪，在風中唰啦啦淒厲地響。

我想像自己會飛，大跨步跑過草叢，穿的黑色百褶裙被風吹得鼓漲起來，像一顆執意要往天空衝去的汽球，卻一不留神，我的雙腿就被草緣的鋒芒割得傷痕累累，也不知道有沒有流血？

但管不了那麼多了，遠方傳來火車即將進站了的汽笛響，巨大的藍天兜頭罩下，我趕緊手腳並用狼狽地爬上了月台。北投車站的後站沒有查票口，所以我總是逃票，只為了享受犯規的快樂。

當火車減速緩行進入月台，還來不及等它停穩，我就隨意揀了一節最靠近的車廂跳上，然後埋著頭朝車尾一直走去，直到盡頭一把拉開了車門，忽然狂風滾過了荒煙蔓草，嘩地一下子就流洩而入。

車門外有一座小小的露台，那是我最鍾愛的位子，我把書包一拋就地坐下來，百褶裙塞入大腿的中央，兩隻小腿就這樣晃啊晃地懸吊在火車外。

火車汽笛發出一聲幽長的悲鳴，鐵軌在我的腳下開始發了瘋似地搖擺，愈擺愈快，愈擺愈快，就像是黑色的蛇追著想要咬我的腳趾尖，我在風中大笑起來，愛死了這樣酷烈的刺激感。

◆

沒有哪個年輕的孩子不愛坐北淡線的。

讀松山工農的姊姊坐得比我還要多。她上學得從北投搭火車到市區，再轉搭公車到松山，如此迂迴從城市的極北去到極東，每天都要花好幾個小時在交通的往返。

但就是這樣才好，離開家也離開學校，根本不需追問這一列火車到底開往何處？最好永遠到不了終點，就巴不得一直在旅途上。

姊姊的同學們也不嫌北投太遠，職校沒有課業壓力，那是一個沒有宅男宅女的年代，放學後常結伴來我家玩耍，直到九點多才又浩浩蕩蕩返回各自的家。她們有的住土城，有的住泰山甚至新莊，一個比一個還要遙遠，就這樣每天火車公車交替地在城市的東南西北闖蕩。

晚上一到，我就在期待她們踏入家門。職校女生特有一股早熟的美麗，閃爍迷離光芒，身上的香氣足以催暖了整個黑夜似的，而不像我平常接觸到的明星女校同學，大多都已被馴化在教科書冰冷的知識裡，而顯得懨懨了無生氣。

我因此成了她們的小跟班，喜歡一起擠在姊姊的房間，坐在地上手肘靠著床沿，仰起臉來聽她們說話。那清脆的話語叮噹落下，句句都是女孩對情愛朦朧的期待和挫折，有如暮春之風吹落似雪的櫻花，落了滿臉淡淡的快樂與憂傷。

過沒多久，來我家玩耍的又多了一個人，姊姊的學弟H。一個男孩混在女孩子群中難免突兀古怪，她們私底下紛紛揣測起H的動機，說他必定是在暗戀其中的某一個女孩吧。但到底會是誰呢？H從來沒有說過，只是坐在一旁傻笑，和我同樣都是個湊熱鬧的看客。

就像一切十七歲女孩該有的故事一樣，為了H她們竟開始彼此猜忌吃醋起來，有的暗自垂淚，也有的賭氣冷戰，任誰也逃不過這一場初戀遊戲的捉弄，沒亂裡的焦躁和煩悶在空氣中逐漸升溫，一如那年的夏天也是特別既炎熱又漫長。

女孩們於是各自懷抱著心事從高職畢業了。姊姊考上嘉義農專，暑假過後就轉往蘭潭住校，女孩們一走，家裡忽然被掏空了似的，尤其夜裡安靜到拖鞋拍打在地板上的聲響，都會讓我沒來由感到一陣心神俱裂。

我開始學會了踮著腳尖走路，像是一縷輕飄飄的遊魂，然後坐在書桌前打開課本勉強要讀，但書上的鉛字卻比我更加管不住自己腦袋似的，全都恍惚地從紙端浮起一一朝向四面八方漂走。

日光燈於是成了可以安定神經的錨。我把家裡的每一盞燈都打開，連角落也不放過，從廚房、客廳一路亮到浴室，只要一丁點兒的黑暗都能威脅我，我必得要努力抵抗才能不讓它滲透。

◆

被遺留在台北的卻不只有我，還有仍在讀高三的H。

每天放學後他依然不肯回家，寧可不辭大老遠從松山跑到北投來，拎著一袋在後火車站麵攤買來的陽春麵，按我家的電鈴，一進門就傻笑，和我對坐在客廳茶几的兩邊分食麵條，有一搭沒一搭地閒聊。

吃完麵我們就玩撲克牌，撿紅點，輸家的懲罰就是被贏家彈耳朵，輸一分彈一下。我總是彈得又準又狠，啪地一下H的耳垂就立刻紅腫起來。

他的耳垂極其肥大，是漂亮光澤的古銅色，看過的人都說是好命的象徵，他卻一貫聳聳肩毫不在乎。其實沒有人知道他究竟在乎些什麼？或許十七歲就是一場百無聊賴的夢，我們就在漫長的夜晚對坐著，玩牌，發呆，只等待從夢中醒來的一刻。

更多的日子裡是我必須寫學校的功課，因此根本沒有時間理H，他就逕自去姊姊的房間，不點燈也不關門，躺在床上倒頭就睡，拉起棉被蒙住了臉。我總是捱到深夜十點最末一班公車的時間了，才走到姊姊的房門口偷窺，看見他總是睡得又深又沉，彷彿好不容易才找到了一個安靜的角落可以放心冬眠。

但時間實在是太晚了，我怯怯地叫醒H，他這才睜開了惺忪的睡眼，從床上坐起來，而客廳的燈光從半掩的房門流洩進來，微微照亮了他一半的臉，而另一半仍陷落在暗處，就像一幅掛在博物館牆上的畫。

林布蘭，情感被壓抑在黑暗裡，透過曖昧的光才能隱約浮現。

H摸索著床頭找到眼鏡戴上，望著我又是一陣傻笑，半晌才回過神，想起來該是回家的時間到了。他於是揹起墨綠色的書包，夾在腋下，裡面似乎空無一物，又薄又軟就像是一片爛掉的葉子。

我趴在陽台的欄杆往下望，看見H走出大門，正邊吹口哨邊悠悠晃晃穿過我們社區的中庭，他身上穿的那條軍訓褲刷白得發亮，是當時最流行的寬管喇叭褲，走起路來一搧一搧的，活像是一對大象的耳朵，在熱帶夜晚樹叢之中滑稽漫步的，森林之王。

◆

如今我努力回憶那一座城北的社區，竟想不起任何屬於它的聲音。就連H也似乎從未開口，只記得他玩輸牌時，我舉起手指對準他的耳垂大力彈去，那啪地一記清脆聲響，而他痛得舉起手來摀住耳朵，臉上的表情依然是傻笑著。

還有一次是不知從何處傳來了陣陣的「吹狗螺」，據說是狗見到鬼才會發出的哀鳴，聲音悲戚至極，連續吹了好幾個晚上，吹到讓人毛骨悚然，彷彿已經被幢幢的孤魂野鬼包圍。但那果真是鬼嗎？一如當年的H總是不願意回家一樣，真實的原因早已不可考。

H不想回家，S也是，晚上和我約在北投圖書館，美其名溫書，其實往往把書包朝座位一放，兩人便一前一後往公園對面人煙稀少的山坡上鑽，躡手躡腳沿著滿是落葉的石階往上爬，然後彎下腰鑽過濃密的樹叢，就會來到一片彷彿只有鬼魂才會出沒的陰冷山坡。

後來我才知道，那片山坡在白日的陽光之下，居然是一座兒童樂園。不只如此，北投公園山坡上專供名流巨賈應酬的溫泉飯店，經典的酒家菜排骨酥和魷魚螺肉蒜，我在當時都一無所知，成天只知道在臭水四溢的傳統菜市場和路邊攤打轉。那樣的北投就像是一個明明年輕，卻已繁華落盡的老少女，而她的外表雖然老去，內心卻還是充滿了野性。

只因那一顆野性的心始終都在，幾十年過去了，卻還是硬著脖子不肯低頭屈服。

曾經有一位長輩以「桀驁不馴」這四個字來形容我，我聽了受寵若驚，以為是最大的讚美，也才像一個北投人該有的模樣。草山淡海，女巫出沒，滿山遍野都是樹與樹的氣根糾纏，每分每秒都在不斷地相互絞殺著，出於憤怒也出於歡喜，就是要怒放著勃勃的生氣。

那正在街頭燃燒的一切

星星點點的革命之火，正在翻滾醞釀，只待風起……

關於八〇年代，我特別記得的就是一九八七年，並不是因為台灣解嚴——我還沒有如此巨大的歷史感，而是那一年我恰好高三，畢業前夕教官突然在朝會上宣布：因為解嚴，學校的髮禁也一併宣告解除，從現在起你們可以把頭髮留長了。

雖然搞不清楚戒嚴和髮禁究竟有什麼關係？但對於十八歲的女孩而言，頭髮之事非同小可，念茲在茲，操場上爆出歡聲雷動，大家感動得相擁幾乎掉下熱淚。只可惜畢業在即，頭髮又不能在一瞬之間留長，我們只好跑到美容院去把頭髮削得更薄更短，一種當時最流行的羽毛剪，也算是以頭髮來宣告了解嚴之後的自主權。

所以解嚴是從自己的身體開始的，接下來才輪到了大腦。

七月揮汗如雨考完了聯考，我把高中三年下來累積的教科書一頁頁撕開，本來想放一把火將它們燒得精光，才算是壯烈，後來又嫌麻煩，乾脆全扔給垃圾車運走，不但毫無留戀之情，還有如釋重負的快樂，卻又不免詫異著自己居然可以痛恨知識到這種地步。

於是就這樣稀里糊塗畢了業，我從聯考的桎梏中解脫，也脫下高中三年身上那襲一陳不變的白衣黑裙，從此青春的小鳥拍拍翅膀飛出牢籠，自由自在海闊天空，哪裡還有時間回顧？

只記得為高中生涯劃下句點的，不是畢業典禮，而是體育老師帶我們去石門水庫露營。他是台灣赤足滑水的國手，特地要在我們這群女孩前大顯一番身手，只見他光著雙腳被一艘白色快艇拖著，輕功水上飄似的快速從藍綠色的湖水上掠過，濺出了一道道驚人的水花，現出繽紛而迷離的七彩虹暈，彷彿是我們一場告別青春的成年禮。

就在那天傍晚我和K共划一艘木舟，一直划入石門水庫的最深處。K是我高中三年最要好的同學，相較於我的急躁粗心，她總是溫柔而嫻靜。黃昏時分環湖四周的林蔭幽幽，我一不小心手一滑，木槳居然掉落水中，沒幾秒就直直沉到湖底。

沒了槳，要如何把船划回岸去？我只好急著向碼頭上的同學招手求救，也不知道她們到底有沒有看見？夕陽西下，山裡的天色迅速轉暗，只見岸上遙遙的燈光閃爍，傳來隱約的笑語，卻都被湖水一一吞沒，而四下靜悄悄地只聽得見我和K的呼吸。

百年修得同船渡。所以我和K真是有緣，但不知是緣深還是緣淺？當時的我們渾然不知十多年過後，K會喪生於高速公路上的一場客運大火。

我卻始終清晰地記得，那天石門水庫所蕩漾著夢幻般的紫藍色光影，映照她一雙深邃又烏黑的大眼，而我在K的眼裡看見了自己：同樣是十八歲，同樣對於即將迎來的大學生涯充滿了樂觀期待。我們於是忘了對未來本該有的忐忑與不安，就在那一年的九月分手，迫不及待飛往了各自的校園。

◆

日後屬於我的這一世代經常被稱之為「學運世代」。

這個標籤難免以偏概全，卻也多少具有某種程度的準確，因為就算我們不是學運中的一分子，也必定是一個旁觀者或是路過之人，而在有意無意之中對於運動有了深淺不一的涉入。

尤其我讀的又是台大政治系，這是我在大學聯考填下的第一志願，如今回頭再看這個選擇未免有點古怪，卻都該歸咎於八〇年代成功的黨國教育，使我到了十八歲卻依然懷抱著一種天真到近乎愚騃的理想，以為一個有志的青年就該從政報效國家。

當我果真如願以償進入了政治系，所經歷到的第一次震撼洗禮就是學生會長選舉，如火如荼在校園中展開。那其實也不過是一場學生級的選舉罷了，但兩位候選人的背後卻有不同的政黨在支持，彼此之間廝殺激烈，謠言耳語不斷，黑函和黑金滿天飛，儼然已經是一個社會選舉的小小雛形。

才剛從漫長威權年代之中掙脫出來的我們，形同是一群民主的新生兒，還停留在牙牙學語的階段，又如何能夠懂得文明的規範？於是選舉時一拚鬥起來，就不免原形畢露，全淪為了一隻隻齜牙咧嘴的野獸。

我這才發現自己是何等的幼稚和愚蠢，原來政治不是青年報效國家的浪漫理想，而是血淋淋的權力運作。大一的必修課是政治學，教授在黑板上寫得密密麻麻，我拚命地抄著筆記，卻都是紙上談兵。一整年的課堂下來我只記得一句話：「政治就是眾人的利益分配」，而其餘全都還給了教授忘得一乾二淨。

原來說到底，政治無關個人的理想和犧牲奉獻，而是眾人的利益分配。

我腦筋卻一時運轉不過來，就這樣茫茫然度過了新鮮人的一年，聽學長姊說社團才是大學的必修學分，便嘗試去造訪一些頗為活躍的學運社團如大新社、大陸社和大傳社，卻多半是躲在角落，默默聆聽那些嘴裡叼著香菸、腳趿藍白拖的社團老骨頭們口沫橫飛。

後來又在同學的慫恿下參加了一些服務性社團，這是七〇年代鄉土文學運動的產物，來到八〇年代在台大的校園仍屬主流。但我依然不免懷疑上山下海走入偏鄉，除了造就一個熱情滿滿的暑假之外，究竟是在服務自己？還是服務別人？

當年流行學者從政，政治系有幾位留學歸國的年輕老師投入選舉，我也自告奮勇到競選總部幫忙，成為學生助選員之一，沒日沒夜站在街頭發傳單，綁布條，插旗子。我還在學長的指導下模仿海德公園的「演說之角」

（Speakers' Corner），也搬了一張小圓凳拿起擴音器，就站在北投的黃昏市場前拉票演說。

但我一站上去才發現凳子居然有這麼高？眼見底下一大片黑壓壓的頭顱洶湧，雙腿就忍不住發抖，聽到自己的聲音從擴音器中傳出來，更是尖銳刺耳得陌生，反倒能聽得一清二楚的，是從夜市傳來人們吃吃的嘲笑聲。

一個大學生究竟是否知道得比一個賣菜的攤販還多？我連自己都沒辦法說服了，更何況是他人？我成了一個徹底的懷疑論者，對於那些堂而皇之的宣言或口號，不管是來自哪一方的，我都懷疑。

想像之中的浪漫青年，來到現實竟成了一個行動上的侏儒。

原來我根本不適合吃政治和選舉這行飯，相較於站在舞台上，我更喜歡當一個台下的觀眾，隱身於茫茫的人海之中，只在一旁觀察，而不會輕易地站起身來介入。

幸好八〇年代末的台北街頭，尤其是我居住的北投更是黨外重要的起源地之一，幾乎天天都在上演集會遊行和大大小小的政見發表會，到處都是可以湊熱鬧的政治嘉年華，而那才是活生生的教室，比起大學課堂不知有趣幾百倍。

這時對岸也恰好爆發六四天安門學運，我們每天一進教室，就和同學熱切傳閱報紙上的新聞，以為這正是二十世紀關鍵性的一刻，而歷史即將就要全盤改寫。但年輕的我們又怎麼能夠預知，在三十多年後的今天這場運動卻幾乎被人遺忘消失？

然而我仍記得當時因蓬萊島案坐牢而出獄的陳水扁，在北投走進某間中學操場的政見發表會時，被民眾高高扛在肩頭上，有如神降人世一般穿過人群，接受成千上萬民眾膜拜歡呼的光榮，讓整個夜都因此熊熊地燃燒沸騰。

我甚至有好幾次走到政見會的台前，以最虔誠而且神聖的心，掏出一個大學生口袋中僅有的紙鈔，鄭重地把它們投入捐款箱。

我甚至握過台獨教父的手，而他的另一隻手在二次大戰中被炸斷，始終藏在西裝褲的口袋中。

我家附近也常有封街演講，人潮塞滿了整條巷子幾乎見不到盡頭。我擠在隊伍中拚命踮起腳尖，才勉強瞧見以美麗島事件辯護而聞名的律師，正站在木板臨時搭出來的簡陋講台上，用激動的語氣搭配誇張的手勢演說。

我已經完全忘了他說些什麼？但那似乎不重要，反而是街道兩旁高高懸起的昏黃燈泡，照耀著不安蠕動的人們，有如黑夜的大海暗潮洶湧卻又金波蕩漾。那是星星點點的革命之火，正在翻滾醞釀著，只等待風起，火勢就足以一路延燒燎原。

衝浪般的狂歡

那不知疲倦的狂歡，街頭政治、股市瘋漲，把我們推到時代浪尖上。

我大一時讀的是法學院，新鮮人照例多要參加「民權初步營」，而我也在糊塗之中被同學拉去，原本以為是在研讀三民主義，到了營隊後才發現竟是學習如何開會。

當時和我同期的學員幾乎個個都是辯才無礙，思慮敏捷，在營隊之中如魚得水，展露出早熟的過人鋒芒，而多年之後，也果然多躍居為台灣政壇明星級的人物。只有我卻恰恰相反，當時打開一本厚重的議事規則手冊，只覺得頭昏腦脹不知所云。

我原本以為文字就該組合成為一首詩，或是一篇小說，如今才知道居然可以用另外一種邏輯來排列，譬如法律條例，或是議事公文，和文學一樣都必須要字斟句酌，而且似乎還要來得更為講究，大家常常只為了一字之差，就在開會時爭得互不相讓面紅耳赤。

但在經過五天四夜的議事演練之後，我仍舊一頭霧水，搞不懂為什麼開會竟是如此複雜的一件事？當學長姊在講台上費力教導我們如何利用程序問題進行「杯葛」，好讓一場會議「流會」之時，更是讓我感到不可思議：我們不就是因為「開會」而來的嗎？又為什麼要絞盡腦汁讓它「流會」？

於是我最後只學會了一件事：鼓掌通過。

那是最開心的時刻，大家坐在一起臉上堆滿了笑容鼓掌，就像回到小學的同樂會，排排坐吃果果，而不復杯葛或表決之時的殺氣騰騰。

我在營隊的另外一大收穫就是：原來從事政治不只要熱血，還要天分，很遺憾的是我一點全無，只能後悔當初填錯了志願。於是大一下學期，我來到了共同教室前一條綠樹掩映的幽暗長廊，那是張貼所有科系課表的公布欄。

春日的空氣中傳來了杜鵑花香，鳥鳴婉轉悅耳，我仔細研究起中文系下方羅列的課名：「東坡詞」、「李白詩」、「文心雕龍」、「中國文學史」，而每一個課名都能引起人無限的遐思。

我本來就喜歡文學，過去卻以為把它當成一種業餘的嗜好即可，而現在卻不禁後悔起自己的愚癡，人生又何必繞一條遠路呢？為何不乾脆把興趣就當成一生的職志？

我於是毅然決然在大二轉到中文系，一下子就從政治現實跳到了它的對立面：浪漫的文青世界，從此以後改抱起《史記》、《說文解字》等厚重的精裝古書。我喜歡書上印的宋體字，剛毅中帶有秀氣，一筆一畫彷彿是懸在空中的鋼索，而我顫顫微微地走著。

◆

《史記．五帝本紀》開天闢地如此寫著：「黃帝者，少典之子，姓公孫，名曰軒轅。生而神靈，弱而能言，幼而徇齊，長而敦敏，成而聰明。」

所謂「神靈」是什麼模樣？「徇齊」二字又該作何解？歷史與神話混為一談，而人居然可以為神為靈，我心深嚮往之。

從此以後我走在椰林大道經過傅鐘前，一邊讀著與時局毫不相干的文言古書，一邊冷眼旁觀正處於街頭運動風起雲湧的台灣，尤其是這場風暴的核心：台北，正被來自於各方的無形力量所拉扯著、撕裂著，小至台大的學生會長選舉，大至總統、台北市長的第一次民選。

即便是站在這樣一個邊緣又邊緣的位置，解嚴之後自由開放的台大校園，依然為我帶來了一場劇烈的成年禮，不僅徹底瓦解了過去的政治信仰，也讓我不再輕易相信教科書或媒體所說的一切。

暢銷一時的米蘭．昆德拉《笑忘書》，讓我心有戚戚焉——原來最好的抵抗方法，就是大聲地笑。我成了狂歡的信徒，最喜歡的一張音樂專輯是黑名單工作室的《抓狂歌》，每每聽到〈民主阿草〉聲嘶力竭地喊：「我要抗議」這四個字，就不禁心中大樂。

矛盾的是，我也沒有辦法像一些獻身於政治運動的同學般，全身充滿了義正辭嚴的慷慨激昂，以及理所當然的憤怒。我信奉的是昆德拉小說所引的韓波詩句：「生活在他方」，而以此做為青春詩意浪遊的起點。

是啊放眼周遭是多麼的平庸和死寂，當時校園裡的大學生似乎自動分成了四類，第一類是準備留美的高材生，成天躲在圖書館猛背托福和GRE單字，第二類是在街頭奔走學運的熱血青年，而第三類是股市狂飆萬點，天天蹺課改去號子報到的同學，還沒有畢業，就已經提前加入了全民炒股的行列。

至於我，便成了最不著邊際的第四類：既沒錢出國亦沒政治天分，更缺乏金錢概念，只能當起一個自認叛逆的頹廢文青，而幻想之中的生活絕對不會停留在此刻和此地，我就這樣一頭栽入了當時文青們最鍾愛的電影世界，從此昏天暗地，簡直是活在銀幕上的光點裡，而不是八〇年代末的台北。

我開始躲進當時遍布大街小巷的ＭＴＶ，尤其是太陽系，沒日沒夜看起法國電影。就連走在椰林大道上時，也總幻想著自己其實是走在楚浮或高達的作品裡，忍不住要模仿他們鏡頭下的女主角飛也似地踩腳踏車，迎著風大笑，做鬼臉，搖頭晃腦像隻機靈的小鳥一般唱歌，或是咬著一根香菸，假裝自己是一列冒著蒸氣噗噗作響的火車。

當時我心目中的美女典範才不是現在流行的日韓女星，而是《夏日之戀》的珍妮．摩露和《日以昨夜》的賈桂林．貝茜。她們有著一雙堅定的眼神，驕傲上揚的嘴角，刨光木頭似的修長小腿，以及一頭蓬鬆的長髮，纖細的身軀上總是套著一件過分寬大的毛衣，而躲藏在毛衣底下的卻是謎一般的神祕內在，要讓所有不幸遇到她們的男人，都甘願因此而發狂、受苦。

不知為何二十歲出頭的我真的是非常法國，經常摳刻著把飯錢省下來，跑到和平東路的「法國工廠」買貴得嚇人的海報和卡片。台北第一次辦法國影展也和朋友興沖沖趕去，排了整整四個多小時的隊伍，只為了看《IP5：迷幻公路》，而如今電影的內容我全都忘了，只剩那一大片懸浮在綠色夢境似的森林還深深烙印在腦海。

◆

年輕的時光多到彷彿用不完，足以讓我們任意揮霍去編織一場浪漫的法國夢，但回到了現實生活之中，我卻是非常的不法國。

當時公館捷運正在如火如荼興建當中，工地日以繼夜傳來巨大的撞擊聲，沒完沒了地反覆著，也不知道究竟是在敲打些什麼？我因此從舟山路走出來時總是得提心吊膽，冒著被工地噴一身泥漿的危險，爬上天橋走過羅斯福路，在對面水源市場瀰漫著臭氣又悶熱不堪的角落解決三餐。

因為窮，我接下了很多家教，必須應付各式各樣的奇怪小孩，而聘請家教的家庭竟不全然是富裕的，有的到月底付不出家教費，小孩的母親只好抱歉地微笑著，從廚房的櫃子裡找出三罐味全蘋果奶粉，交給我做為抵押。

我抱著奶粉走過暗暗的狹巷，騎樓裡傳出一股濃烈的尿騷味，摩托車的機油流在地上成了一灘灘黑色的血，我踮起腳尖來小心翼翼地繞行，卻還以為自己仍然是走在楚浮的電影裡，非常之法國的輕盈，四周也不是悶熱又臭氣騰騰的黑夜，而是一個微風吹拂，樹葉翻飛嘩嘩作響的明媚的夏天。

楚浮於是在我的生活中矛盾地存在著。

奇怪的是我一點也不覺其矛盾。《夏日之戀》是反覆看過很多次了，還把歌詞抄錄下來，唱起一個字也不懂的法文歌。我坐在桌前面對鏡子，模仿珍妮·摩露的嘴型和表情：抬起下巴的微笑方式，一種令人在見過了之後，都不禁感到可以值得為這微笑付出一切的微笑。

只是回到了現實之中，仍是草莽。

北投新開闢一條筆直的大度路，每逢週末就成了飆車族競技的聖地，兩旁的紅磚道上滿滿都是圍觀的人潮，也引來了許多賣烤香腸和汽水的小販。那些膽敢玩命狂飆的機車，大多經過精心改造，輪子裝上了七彩的霓虹燈管，在黑夜裡旋轉出璀璨的火光。

那是一場向死神挑戰的輝煌之舞，在大度路上開滿了浮花浪蕊，極其俗豔，卻也極其哀傷。

我站在紅磚道上邊咬香腸，邊忍不住為這些飆車的烈士們鼓掌喝采。但即使置身在如此台味的場景，腦子裡想到的仍是《壞痞子》中的茱麗葉・畢諾許和李歐・卡霍。

總之，就是離不開法國。

直到多年以後，我才終於讀到了夏宇翻譯的亨利―皮耶・侯歇《居樂和雋》：《夏日之戀》的原著小說，於是二十多歲的青春記憶又不禁啪啦啪啦地回來了，彷彿是大夢初醒一般，卻沒想到小說居然寫得如此簡潔有力。

侯歆形容《居樂和雋》是：「兩個朋友與他們共同愛人之間的故事」，而「幸虧有一種一再斟酌衡量過的、全新的美學式道德立場，他們終其一生，幾乎沒有矛盾地溫柔地相愛」。

讀到這兒，我的心彷彿被大力地撞擊了一下，如此溫柔而從容的相愛，不正是為年輕的我所一心嚮往？但為什麼在付諸實際的作為時，卻又充滿了不堪的盲目與慌張？

或許十八歲的我們所能懂得的，只是某一個坐在椰林大道旁的美好夜晚，而不知是誰忽然喃喃背誦起了楊牧同樣在十八歲時所寫下的詩：「在年輕的飛奔裏，你是迎面而來的風。」就在這迎面交會的一剎那，便足以讓人記憶永恆，而仰頭看十八歲的夜空，竟是如此的不羈與遼闊，唯有星星是我們唯一的嚮導。

如今回想起來，也不知自己是幸呢？還是不幸？就在這個解嚴之後一切禁令都嘩然崩塌的時刻，我們再也無規範可循，便只能各自在街頭求生，於音樂、小說、詩歌或是電影劇場之中摸索著，嘗試去建立一種全然屬於自己的、「一再斟酌衡量過的、全新的美學式道德立場」。

但這不也正是我所深深緬懷的八〇年代的最好注腳？它那不知疲倦的狂歡，從街頭的政治嘉年華到經濟起飛股市瘋漲，無一不是粗礪而且真誠的，洋溢著激情又明亮的夏日之光，全把正值大好青春的我們一股腦兒推到時代的浪尖上。

神魔之地

連自己也無法把握的愛，離不開彼此，如蛇纏繞作繭自縛……

我們小心翼翼騎車駛進陽明山冷水坑的白霧裡，但更像是滑進，霧氣沉落在山坳處有如冬日冰冷的大海，卻也如同夏日的夜晚般擁有一股奇特的抒情，令我驚異，著迷。

那霧淹沒了我的雙腳，然後逐漸瀰漫開來，洶湧如潮水的十八歲，即使隔了三十多年後回憶起來，仍舊感到時間被切成斷片，定格在黑夜。

只因為當時的我和W就形同是吸血鬼，只要一見白晝之光，就不禁要天人五衰，花冠頓萎，唯有夜來，才又重新變得精氣活血。

W騎著摩托車而我坐在後面，緊緊抱住他的腰，臉貼在他冰涼的夾克上，彷彿也只有在這種時刻，我才終於感覺到自己是溫暖而且柔軟的，可以心平氣和地相互擁抱，而不再被絕望的憤怒和爭吵所淹沒。

因此穿梭在朦朧街燈照耀之下的北投山城時，我們總是快樂，簡直把摩托車當成了一艘小船，冒險滑向山中幽暗的小徑，眼前也不管是通往何處，反正能鑽就鑽。

我們蒙著眼似地在暗影和深淵之間漫遊。就連愛情也是，自傷亦傷人，彷彿不如此殘酷暴烈，就無法印證今夜的存在。

◆

W也是北投人，家在舊北投密密麻麻的老巷弄中，煙火氣味十足，而不像我住的新北投是被拋擲在大化以外，還潛伏著一股尚未馴化的野性。也或許因為如此，W似乎愛我家比自己的還多一些。

都是大學新鮮人的我們，剛從聯考的桎梏中解脫，根本無心於學業，也懶得從城北一路披荊斬棘殺到城南的公館去上課，因此每每發動了摩托車之後，就忍不住要騎往一道和進城相反的方向，刻意更往北去，逃入了山與海的懷抱。

尤其太陽落下關渡平原以後，一輪晶瑩透亮的明月升起，大地吐出了白日所吸收的熱氣，吸引了涼爽的氣流從海面而來，夜裡因此山風大作，整座山的樹葉都嘩啦啦陷入了海潮似的瘋狂搖擺。

那是北投的神巫之舞，從樹葉之間篩落而下的，彷彿滂沱有淚，落入了溫泉區的石階和巷弄，處處都是微張著一雙雙溫柔又濕潤的眼。

一天下來好不容易捱到了此時此刻，才總算要真正掀開序幕。我們的精氣神才全都回復了，照例都要騎車去冷水坑和擎天崗巡一巡的，簡直當成了自家的後花園。但往往山路一轉彎，我們就會忽然掉進伸手不見五指的白霧，像是落入茫茫的幽冥，無意之中一下子就跨越了生與死的分界。

我們卻不知這場仲夏夜之夢的愛情，只不過是精靈一場盲目的捉弄，而這場夢也未免拉得太過漫長了，竟從夏天一直延續到了深冬，而人的心早已冷卻，卻還一直怔忡著，遲遲無法從夢裡掙脫。

◆

有一種快樂竟是冰涼的嘔？我的心被山裡的月光照得一清二楚，靜靜如霜。而唯有W和我一起見證了那座山的神祕，曾經如何讓我們著迷，恍神，入魔，陷入奇異的快樂，卻也同時感到恐懼顫抖。

顫抖於不可知的未來，連自己也無法把握的愛。我們的魂魄被眼前的這座山給攝走了，魘住了，所以才會怎麼樣都離不開它，也離不開彼此，如蛇纏繞作繭自縛。

有時我們繞遍了整座陽明山，也才不過半夜，還不想下山回到現實的世界，就又索性沿著陽金公路繼續前行。那是北台灣最神祕的一條公路，即使在白天也經常籠罩著一片迷離的雨霧，而到了夜晚更不似人間，兩旁的樹木枝椏低垂掩映著，有如巨人伸開了手掌一路朝我們攫了過來。

我們一路騎到十八王公廟。不知為什麼大家都流行在夜半的時分前來參拜？遠遠就能望見香火在黑夜中燃燒著，閃爍浮動成了流金之海，等到逼近了，才發現在一大片火紅上漂浮著的，竟是一張張男男女女的古銅色的臉。

那些臉孔因為過多的欲望而猙獰扭曲著，儼然是一部台灣民俗版的阿莫多瓦電影，或是魔幻寫實的流動畫作，為台北盆地鑲嵌了一道異常妖豔的金邊。

◆

那時的我總以為自己活在一個光明和黑暗平行的雙重宇宙：台大的公館是屬於白天的，而北投也同樣有一個公館路，卻是屬於黑夜。

公館路就位在北投和石牌交界長滿了雜草的三不管地帶，入夜之後大多一片漆黑，偶爾燈火輝煌，原來是賣藥的戲班子來了，就在空地上架起了一塊布幕，四周再拉上電線掛滿了鵝黃色的燈泡，等天色一暗，黑色的喇叭就開始強力放送出熱鬧的台語歌舞樂。

那些走江湖的賣藥人多半賣的是蛇毒，隨身帶著一個黑色的鐵籠，裡面關著比人的胳膊還要粗大的眼鏡蛇，表演時就故意把籠子打開，放任蛇在廣場上乙乙地遊走，嚇得圍觀的民眾發出驚聲尖叫。等到蛇走得不能再遠了，賣藥人才不慌不忙伸出鐵勾，把蛇咻地一下勾回到自己的腳邊。

有時藥賣得太久了，觀眾開始不耐煩騷動著想要走，賣藥人就會叫脫衣舞孃出來炒熱氣氛。一個年輕女孩身披大長袍，腳踩著高跟鞋從布幕的後方繞出來，扭腰擺臀走到場子中央，唰地一下拉開袍子，原來裡面赤裸裸地一絲不掛。接下來她便逼近觀眾面前繞場一圈，卻始終寒著一張面無表情的臉，彷彿是士兵行軍在一個積滿了大雪的冬夜。

舞跳完了，女孩便頭也不回走到幕後，坐在小鐵凳上休息，把身上的袍子裹得緊緊的，翹起腿，張著一雙空洞的眼望向黑夜。

再順著公館路往下走一段曲折的路，便來到了北投市場，前方原本是一條小小的磺港溪，後來被以水泥掩蓋起來成了停車場，晚上常有小型的雜耍藝人來此占據地盤，當街吆喝起來，也不知道是請神降臨？還是有魔附身？一上場就架勢十足，彷彿從天而下打了神聖的光。

有回我看人表演氣功，他宣稱可以把自己肚子裡的器官全都往上移到胸部，結果不出幾秒鐘，肚皮居然就扁平得像一張薄紙，就連大衛魔術也沒有如此神奇的，我當場就嚇到癡傻。

當然也遇過漫天吹牛皮的男人，站在夜市旁拿著一個鐵籠，以黑布覆蓋，神祕兮兮地對著過往的路人說，籠子裡裝的是一條雙頭蛇。我當然聽過傳說中見到雙頭蛇者必死，卻又止不住好奇心，湊上前去想說就算偷瞥一眼也好。

男人卻只肯把布掀起一角，又迅速蓋了回去說：「不能看，看了會死的。」眼神卻又分明帶著挑釁。

我搖搖頭，才不相信這世界上果真有雙頭蛇。但誰知道呢？北投依著陽明山，蛇確實多。據說日本人在山上設立毒蛇試驗所，戰敗以後便把蛇全野放出來，任憑牠們在附近的山區四處流竄。

W曾經帶我到北投市場深處的攤子買蛇毒，說能治百病，我半信半疑吞下了好幾顆，感覺乙乙然的，彷彿也成了一縷吸收天地日月靈氣的蛇精。用蛇的複眼看出去，這兒觸目所及皆是流光閃爍無邊，有如輝煌的鬼市，而街燈更為人們的臉孔塗上一層詭譎的金。

但如今他們卻一如W全不知消失到哪兒去了？昔日賣藥的空地不是蓋起了大樓，就是改建成有盪鞦韆和溜滑梯的兒童公園，陽光之下只剩一片修剪到過度整齊的綠草如茵，而萬物早已靈氣盡失，一點一滴被除了魅。

一個人的椰林大道

我幾乎忘了正準備考試，好像這輩子從來沒有這麼快樂過。

我今生到目前為止最常走的一條路便是台大的椰林大道。它竟不見於中華民國的地址系統，卻又實實在在是無人不知無人不曉。

我曾經在高三的課本上發憤寫著：立志要吹四年椰林大道的風！後來也果真如願以償，而且不止四年，大學加上碩博士班，從十八歲到二十八歲吹了整整十一年，人生最寶貴的黃金歲月可以說全都奉獻在這一條大道上。

然而等到真正踏上了它，夢想成真的喜悅只有極為短促的一剎那，接下來卻陷入無止境的迷惘。我所感受到的竟不是升上大學之後的海闊天空，而是成了一縷失心的遊魂，不知道該把自己往哪裡安放？

我於是成天在椰林大道上飄來蕩去的，上課提不起勁，下課後走到大道盡頭的學生活動中心，沿著二樓的社團辦公室逛了一圈，嫌政論性的社團太矯情，服務性的社團太天真，娛樂性的社團又太膚淺，全都格格不入，只好又沿著大道一路漫遊出了校門。

我穿過羅斯福路口潮濕悶熱彷彿迷宮似的地下道，一上來便是新生南路的小巷，裡頭躲藏著許多人文書店，而其中我最喜愛的一間就是位在地下室的唐山——不是愛它的書，而是愛它的氣味。很多人說那是一股霉味吧，但我卻偏偏覺得清香極了，總是站在店裡大口大口地吸著，不用讀書也覺得渾身暢快。

當然還有每天都要造訪的大學口，摩托車四處亂竄，垃圾臭水四溢，除了銀座的雞排麵、人性空間茶坊和蜜園冰果室之外，似乎無啥可記。但我卻對於「大學口」這三個字耿耿於懷，總覺得像是野獸正張開了大口，涎著貪婪的唾沫，或是在暗中蠢蠢欲動的伏地魔，正準備一躍而出吞噬所有。

等到真正對椰林大道生出一種現世安穩之感，居然已經是大四快要畢業的時刻了。我忽然發憤要考研究所，跌破了全班的眼鏡。當時研究所不如今天浮濫，錄取率極低，沒有人認為我能夠考取。但那卻是我人生中第一次展現決心，為了準備考試，我特地搬離了北投的家，改在師大路的巷子租下一間三坪不到的雅房，從此以後每天清晨七點半即起，騎著一輛老舊的腳踏車，沿新生南路的紅磚道一路騎進了台大。

紅磚道上樹影婆娑，初升的陽光金黃而且潔淨，從葉子的縫隙間溫柔篩下，有如一道道薄紗迎面拂上了我的臉龐。我幾乎忘了自己正在準備考試，好像這輩子從來沒有這麼快樂過。

就連在圖書館門口排隊等開門的時刻，也是快樂的。我經常排在第一個，等八點大門一開，從容進去找了一個靠窗的位子坐下，打開書本，就一直讀到晚上十點全館打烊為止。

大學四年時光所讀的書加起來，竟都比不上這最後兩個月的考前衝刺。當我靜下心來面對中國文學史、老子、莊子、文字學和聲韻學時，竟發現它們比小說還要精采，而我總是讀到入迷把考試全都抛到腦後，直到不知不覺圖書館最後的一盞燈也都熄滅了，我才收拾好書包，走出來只見一條椰林大道已為寂靜的黑夜所籠罩。

道上人影疏疏落落的，但我每踏出一步，卻是扎實而擲地有聲，映襯的是初夏時分滿天燦爛的星斗。

◆

研究所考完之後就等放榜，當年沒有網路，而是沿用古代的方式貼榜單。但學校也不公布是哪一天？多半得要靠大家私底下謠傳，據說總是選在傍晚，只要看到傅園前面的圍牆上掛出了一長串的燈泡，就知道放榜的日子到了，於是人群就會開始向校門口聚集，黑壓壓的頭顱在黃昏中不安地鑽動著，交頭接耳發出窸窣的聲響。

我騎著腳踏車遙望校門口，刻意想要躲離人群遠遠的，於是又掉轉回頭，沿著椰林大道不停地來回，騎了一圈又是一圈。眼看著天色逐漸黯淡，校門口一串黃色的燈泡顯得既神祕又溫暖，而榜單卻始終沒有貼出來。

我只好又掉回頭去，再騎向椰林大道的盡頭，一路掠過了洞洞館、總圖、文學院、傅鐘、行政大樓、農學院，雙腳踩得飛快，就恨不得能朝向這一大片紫藍色的夜空撞了進去，撞進宇宙，也撞進一個答案即將揭曉，卻依然是如此無法測知的未來。

最後我又騎回校門口，這一次，遠遠就能看見人群爭先恐後地往前擠，燈泡下已多了一排白色的榜單。我於是放慢速度，把腳踏車停在大門邊，再走過去。中文所是在榜單之首，我一下子就看見自己的名字，彷彿被聚光燈一打，一顆心全都安定了，照得一清二楚明明白白。

這時我轉身看見身旁一個長髮的女孩，臉上也同樣喜悅發著光。她的名字也在榜上，F，那是我第一次見到她。

◆

我後來才知道F是學姊，大學畢業工作兩年後又回來考研究所，因此和我成了同學，又被分配住在同一間寢室。

研究生宿舍的設備雖然簡陋，卻長年飄散著洗髮精和沐浴乳的香氣，洋溢著一種唯獨青春女孩才特有的愛美與浪漫。我和F的書桌和床鋪彼此相連，聲息相聞，就一同躲在宿舍編織著不切實際的文學夢，而那是年輕人才能擁有的專利，有如飛蛾撲火一般，熱情奔放義無反顧。

尤其F具備一種強大無比的說故事能力，每每看了一部精采的小說或電影之後，總喜歡拉著我，重複說一遍給我聽，說到興奮之處她的臉頰泛紅，眼睛發亮，簡直令我發癡著迷。

從此我每天追隨F讀小說，聽古典音樂，看歐洲電影，到「法國工廠」

買貴得嚇人的畫冊和海報，拿來貼在宿舍油漆剝落發霉的水泥牆上，假裝自己不是活在醜陋的台北，而是在法國電影迷離的光點中，或是巴黎河左岸的咖啡香氣裡。

系上的人全知道我和F是最好的朋友，走在校園裡焦不離孟，孟不離焦，而椰林大道的兩旁先是杜鵑花開了，繼之又是阿勃勒繽紛的黃金雨，有如鈴鐺垂滿了樹梢，在春日之中叮叮作響，讓人想起了童話之中天真爛漫的舞蹈。

春光明媚之後，緊接著便是夏夜涼爽。我們經常深夜並肩從宿舍走出來，穿過大道來到了文學院的門口，看見二樓的某間研究室居然還亮著燈，是F心儀的男孩。

我們於是踮起腳尖來喊他的名字。起先是怯怯的，就像蚊子在黑暗中嗡嗡地叫，自己也覺得好笑，後來就乾脆放開膽子大喊起來了，聲音就在空曠的椰林大道上迴盪。

然後就聽到二樓的窗戶嘩啦一聲打開。那男孩探出頭來，我仰頭只見一個黑色的剪影，單薄的，俯身朝我們招了招手，叫我們也上樓去。等到上去一看，才發現他是獨自一個人躲在文學院的燈下，讀七等生的《沙河悲歌》。

沙河，這個地名聽起來是多麼的遙遠。然而「沙」又怎麼可能會是「河」呢？我不懂。

七等生說：「想獲得自由，是不可能實現的。」但「自由」又是什麼？愛一個人可以算是自由嗎？我想我糊塗了。

◆

無知是幸福的，假裝這是一個純潔無邪的世界，而亞當和夏娃也還沒有被逐出伊甸園。

但事實上椰林大道的花季並不長久，很快的，秋天過去，冬天到來，我和F的友情也在忽然之間全變了調。就像大多數的女性閨密一樣，最後總敵不過一連串的猜疑、比較和嫉妒，最後是排山倒海而來的憤怒，荒腔走板的情節絕對不是我們鍾愛的法國電影，而是和八點檔的通俗劇沒有什麼兩樣。

原來讀再多的文學藝術也沒用，我們還不是俗人？照樣要落入女性宮鬥劇的圈套。就當某一天我回到女生宿舍，發現F正以她那強大無比的說故事能力，只是這一回不談文學也不談電影，而是到每一間寢室去述說我的罪惡時，我返身走了出去，獨自一人走在空蕩蕩的椰林大道上，而陰暗的冬日淅瀝下起沒完沒了的冷雨。

我走出校門，新生南路口的懷恩堂前面懸掛著一大片閃閃發光的耶誕燈飾，那是天使降臨人間的光芒，但我卻沒有感到新生的溫暖和希望，反倒只有加倍的寒涼。

耶穌對眾人說：「你們當中誰沒有犯過罪，誰就先拿石頭打她。」然而什麼是罪？什麼是道德？我這才知道語言是美麗的詩，但有時更是一把銳利的匕首，殺人的利器，所以與其如此，還不如去當一個文盲，或是啞巴。

也不知道是否神聽到了我的吶喊，這時忽然有一個工作機會從天而降，我的指導教授要我去美國擔任一年的教學助理，還交代我乾脆在那兒完成碩士論文，然後接著攻讀博士，從此以後就別回台灣算了。

我因此帶著一股決絕的心情告別台大，獨自一人飛到美西一個人煙稀少的沙漠小鎮Walla Walla。那兒同樣也有一條大道，但名字取得既簡單又明瞭：Main Street。

但我走在寂靜的Main Street時，卻感到周圍的一切不真實到叫人發慌，像是雨天起了霧的玻璃，不管怎麼擦還是枉然，從那時起，我竟又拚了命地想要回家。

於是一年助理的工作結束之後，我沒有遵照老師的囑咐留在美國，而是飛回台灣，又回到台大的宿舍，換了一間寢室和新的室友，然後埋頭寫作碩士論文。沒有近視的我，甚至特地買來一副平光眼鏡戴在臉上，以為自己就是喬妝改扮易了容，從此過起一種自我禁閉的生活，不和人說話也不打招呼。

我又彷彿回到當年準備考研究所時的生活，只是每天一早起床不是去圖書館，而是改坐到宿舍桌前，打開電腦寫論文，一直寫到下午五點才推開椅子站起身，拿了衣服就到浴室洗澡。唯有在蓮蓬頭下水氣氤氳的一刻，我的身體才終於活了過來，恢復血氣，而不再只是一具面對電腦打字和苦思的機器。

就在這樣的情況下，我右手寫論文，左手寫出了得獎的小說〈洗〉。三年後我把作品結集為生平的第一本書：《洗》出版，而裡面的文字全是自我清洗的成果，一部我生命的密碼書。

在書前的序言我是這樣寫的：「在水柱下我把這些東西溫習再溫習，範圍不會超過公館這個方圓，因為我這十年來的生命都埋葬在這塊土地上面。」

公館這個方圓，乃是以椰林大道做為直徑。

是的，當我寫下這些句子時，我就知道告別的時刻終於到來了。年輕時迎面而來的風依舊，椰林大道上蔚藍的天幕也依然俯瞰著我，而兩旁的大王椰子樹一樣的高聳挺拔，但我已無可留戀也無須留戀，因為那樣絢爛的花季已不復返，在人的一生之中唯有一次。

一九九一年之夏

死又有什麼可怕的呢？當夜晚來臨，寂靜便悄悄掐死了生的欲望。

我經常回想起母親那張焦躁而無助的臉，一旦戴上了便永遠無法拔除，就停格在一九九一年的夏天。

那一年我即將滿二十二歲，大學畢業考上研究所，迫不及待想要離家遠行，而母親也恰好選擇在這個時刻離開了我，把北投的房子賣掉，改搬到陽光普照的台中。

於是我獨自一人帶著簡單衣物搬進了台大的研究生宿舍。

那是一棟緊鄰著傅園的灰色水泥建築，即便在炎炎的夏日依舊讓人感到一絲寒冷。據說若是在期末考前走進傅園，成績就會被死當，若是戀愛中的男女更慘，就會以分手收場。老校長留下來的傳說不是民主的神話，而是幽靈幢幢，鬼影在林葉與樹梢之間來回飄盪著，也彷彿飄進了位在不遠處的宿舍。

就在沒課的午後，我經常在宿舍的公共浴室洗衣服，雙手浸泡在大塑膠盆中，來回搓揉著五顏六色的衣服，濃郁的洗衣精香氣瀰漫在空氣中。衣服洗好了，我用力把它們扭乾，再仰頭踮起腳尖，用衣架一件一件晾在曬衣竿上，像是在進行一場虔誠的膜拜儀式。

這時我便會聽到背後的窗外，隱約傳來樹葉唰唰殞落的聲音，遠方籃球場上男孩們的喘息奔跑，文學院的木頭窗櫺在日曬下裂開一條條的細縫，而白色的油漆正緩緩從牆壁上剝落下來。

我並不明白為什麼那年夏天，大口呼吸到的每一口空氣都是孤獨？偶爾搭火車回到台中的家，一見到母親愈來愈灰暗的臉，更使我忍不住要發狂。她經常坐在沙發上喃喃自言自語說自己不如去死，然後放聲哭泣著，撈起衣服的下襬來大力抹著臉。

我站在客廳面無表情注視著她，心裡想她必然是瘋了，還冷靜地回房打電話給姊姊討論精神病的各種癥狀，並且一口咬定母親就是如此如此。「或許半夜她就會打開窗戶跳下樓去也說不定。」我說。

但死又有什麼可怕的呢？何必總是要拿這個來威脅我。每當夜晚來臨的時候，無邊的寂靜便悄悄掐死了一切關於生的欲望。

我躺在黑暗中的床上，倏地睜亮了瞳孔，突然發現這個世界已經被僵化成一塊水泥了，發硬，發冷，發臭，於是從床上爬起來，一路扶牆摸黑來到了廚房，打開燈，從抽屜拿出一把菜刀，鎮定地用刀鋒對準了磨刀石，把它來回磨到閃閃發光，然後再放到自己的手腕上，狠下心來大力地切割著。

但人的皮膚怎麼會這麼厚呢？居然割不下去，真是又好氣又好笑。也或許是我自己太過懦弱了，只好深深大吸一口氣，咬緊了牙再加把勁，看見自己手腕上烏青色的血管在刀鋒的淩遲之下扭曲著，跳動著，一陣陣的刺痛宛如電波一般揪向了我的心臟。

後來我才知道，就連割腕也需要過人的技巧。原來活著和尋死，都是如此艱難的一道課題，即使是費勁了全力，也只不過換來滿身的大汗淋漓。

◆

但母親依然不肯放過我。夜半時分她跑來敲我的房門，叩叩叩，叩叩叩。我打開門，看見她一臉倉皇，右手抱著枕頭左手抓緊衣領，活像是一個無助的小學女生。她說剛剛外公闖進她的房間要強暴她，所以她害怕極了逃出來，顫抖著要求可不可以跟我擠同一張床。我瞪著她非常無情地大罵她胡說八道。於是她只好垂著頭又摸黑回到自己房間，鎖上了門，沒有再說一句話。

一直要等到過了十多年以後，我才恍然大悟原來那時的母親不是瘋了，而是更年期到了。因為也同樣步入中年的我身體也開始產生驚人的變化，經常會無緣無故地發熱，好想吃甜食尤其是濃稠的紅豆湯，並且無論怎麼樣也吃不飽，兩隻小腿莫名的痠痛不堪，身體又腫又脹活像是一塊泡了水的麵包。

所以當年的我如果懂得帶母親去看醫生，拿幾片荷爾蒙回家吞下，那麼一切的問題不就都迎刃而解了嗎？

結果我們卻只是在家中呆坐著，蒙起眼來像個瞎子似的不斷傷害和折磨對方，直到把彼此的感情一點一滴消耗光了，直到我狠下心腸，冷酷地把母親獨自一人丟棄在暗中，卻又因此被罪惡感所淹沒，煎熬，而平白浪費了我那幾年可憐又短暫的青春的尾巴。

彷彿有一股甜腥氣息穿透黑夜，以蛇的姿態滲入我的鼻腔。

我疲憊地離開家門，坐上開往台北的火車，一路搖搖晃晃回到研究生宿舍的門口，W已經站在那裡從中午十二點守候到午夜十二點。他抓住我的肩膀拿出打火機燃燒自己的手腕，但這還嫌不夠，又從口袋裡抓出一大把的老鼠藥放到嘴中用力咀嚼，張開嘴，牙齒縫裡全塞滿了藍色的藥渣，然後抓住我的肩膀說：你若是離開我那我也活不下去了呀。

我只是冷笑一聲，心裡想死又有什麼可怕，何必總是要拿這個來威脅我？當黑夜來臨的時候，無邊的寂靜便悄悄掐死了一切關於生的欲望。

我突然發現這個宿舍已經被僵固成一塊巨大的水泥了，發冷，發硬，發臭，於是從床上爬起來坐到書桌前，從抽屜裡拿出五十顆鎮靜劑，放在桌上堆成了一座白色的小山，再混合開水一口氣吞個精光。

吞完藥了我才想到是否該寫封遺書，卻發現一時之間根本找不到像樣的紙筆，正在猶豫傷腦筋時，頭殼就開始劇烈疼痛起來幾乎要爆炸。

我想乖乖爬回自己的床上躺好，以一種最優雅的姿勢死去，卻發覺這根本不可能，一下子學妹來敲門說要借吹風機，一下子舍監又打電話說有掛號信，叫我趕快去一樓的門房領取。

我只好爬起來，昏昏沉沉搭電梯下樓又上樓，每踏出一步都像踩入綿綿不絕的海浪，終於忍不住電梯上升的氣壓，我蹲下來吐了一地滿滿溫熱的穢物。吐完以後面對狼藉，我只得慌張地把身上的棉外套脫下來，跪在電梯的地上擦拭，然後把它丟在宿舍公共區域的垃圾桶。

我才一打開桶蓋，泡麵碗混合果皮菜渣的難聞氣味就朝我直撲而來。

◆

這是一個令人作嘔的世界。就在一九九一年的夏天，不只我的私生活被過度的暴力與激情拉扯著，就連台灣社會的街頭運動也常演出過了頭，淪為一場鬧劇嘉年華，拿著油漆罐在牆上噴幾句口號就是理想，水柱沖刷眾人大打出手標語旗幟漫天飛舞，教官退出校園，萬年國會必須打倒，總統直接開放民選。

眼前的這個世界正在碎裂，緩緩墮入一種無可挽回的混沌之中，我注視著牠，試圖猜測牠究竟想要告訴我些什麼？或是以曖昧的眼神，暗示我以某種先知奧義？曾經有幾度我以為自己就要懂得牠了，抓住牠了，卻又在一瞬間被牠狡猾地逃脫而去。

我抱著跟這個時代完全脫節的中文系古書，走在椰林大道用一種自以為是的悲愴姿態，思考著某種英雄式的主題，並且開始學習獨自一人站在公車站牌底下，啃著剛買來的法國麵包，準備前往太陽系MTV看侯麥、塔科夫斯基、安哲羅普洛斯，以及柏格曼。

然後我必得會想起，在那個一九九一年的夏天，我第一次到大陸旅行，領會身為一個台灣人大搖大擺散盡千金的闊綽，而如今那股「台灣錢，淹腳目」的草莽氣魄早就蕩然無存了，我也早就告別青春，告別那一座校園。

那座我曾夢想過它是一座神祕的中世紀古堡的校園，而我們是躲藏其中的煉金術士，日日炮製著自大、莊嚴和猖狂。

但事實上卻是我們最後什麼也沒煉出來。唯有我盲目的青春期和母親的更年期和台灣社會解嚴的陣痛期，全都和稀泥般地攪在一塊兒了，除了讓我徹底學會了自虐與虐人的把戲之外，這裡：空無一物。

二十四歲離家遠行

冬天到來，琴房的落地玻璃窗外雪落無聲，像旅人默默流下的淚。

不知道從什麼時候開始總想要逃，逃離那座盆地邊陲的小城愈遠愈好，或許我是被那山間的迷宮小巷，流連不散的溫泉霧氣，遠方淡海的潮汐暗流，以及一直綿延到天際的黑色鐵軌所暗示：生活在他方。

因此當指導教授問我，是否願意去美國惠特曼學院（Whitman College）一年當中文教學助理？我不假思索就答應了，立刻把本該著手寫作的碩士論文拋到一旁。

但當初為什麼會產生如此巨大的衝動，暫停課業，遠走他鄉一年？我的同學多半不能認同，認為把碩士論文寫完才是正途。然而台大雖好，我卻明白自己一直渴望走異路，逃異地，二十四歲大好青春，總不甘心就這樣被困在一座又擠又小，人際關係複雜因此充滿了蜚短流長的小島。

於是當一扇大門忽然在我的面前打開時，我就迫不及待像隻籠中的小鳥飛了出去，毫無心理準備，兩個月後就獨自一人拎著行囊，從桃園搭機到西雅圖，再轉搭十幾人座的小飛機，越過美西的高山和沙漠，抵達華盛頓州邊境的Walla Walla，一個人口只有兩萬多，比起台大學生總數還要少的小鎮，展開人生中第一次的異鄉生涯。

◆

惠特曼學院是一座小而美的貴族學院，全校只有一千多個學生，上課全是十人左右的小班制，學費昂貴直逼長春藤大學。生長在台灣的我，從來不知道大學也可以如此運作，即使曾在楊牧的散文中讀過關於惠特曼學院的描述，讚美這才是他心目中最理想的大學，但直到有一天我自己也親臨此地之時，才總算是大開眼界。

因為我拿的是學生簽證，按照規定必須修八學分的課，由學校提供完全免費，我於是選了兩門與碩士論文相關的文學理論課，其餘就是任憑喜歡，又大膽地修了鋼琴、繪畫和游泳，打定主意要在這兒過上不食人間煙火的小日子。

卻沒想到開學不到一個月，我的文青美夢就宣告破滅。文學理論課得繳交沒完沒了的大小報告，一年下來所寫的報告總和居然比起在台大四年還要多得多。

不只如此，連游泳課也成了一場災難。我自詡是個游泳好手，但第一次上課整整五十分鐘就在教授的命令下來回不停地游，而同學們個個游得飛快，只剩下我一人在後面拚命追趕，差點溺斃在池中，下課後的第一件事就是趕緊去退選。

繪畫課的狀況更是悽慘，每週都得要交兩張畫作，帶到課堂上由所有的同學一起公審，下了課還得去學校的工廠鋸木頭，釘畫框，學習如何裱褙，堪稱是身心上的雙重折磨。我這才知道美國大學和台灣大不相同，難怪一學期修四到五門課就已經到達極限。

但真正折磨的是不管在日常的英文交談，或是報告寫作之中，我都彷彿被對方一再逼問：你到底想說什麼？這才發現慣用的中文竟有如此多不合文法、虛詞臃腫，乃至邏輯不清的問題，常常以文溢於情的漂亮辭藻虛晃一招而過，因此早就習慣了言不由衷，但那真的是我想要說的嗎？

就像每星期我為了繪畫課的作業，而不得不面對一張空白的畫紙時，絞盡腦汁不知該畫些什麼？最後只能隨便找來一本畫冊，照樣描摹，帶到教室去面對同學的批評以及美國教授的疑問：你到底想要表達什麼？我啞口無言，往往心虛得抬不起頭來。

我必須要誠實面對自己能力的不足，不只是語言，還有表達、思考和批評的嚴重困境，到了後來，居然只有鋼琴課才是我最大的慰藉。

我在台灣從來沒學過鋼琴，一切從零開始，相當於幼兒園的水準，卻照樣可以在惠特曼學院選修音樂系教授開設的一對一鋼琴課。這在台灣聽起來簡直是天方夜譚，美國教授卻不以為意，果真從指法卡農教起，而且不打馬虎眼，規定每堂課都必須背譜，而期中考和期末考在音樂廳舉行，儼然是一場小型的音樂會，我在台上演奏，台下就坐著一排教授為我打分數。

出乎意料的，我在美國居然一頭栽入鋼琴的世界，發現十指在黑白的琴鍵上跳躍滑動，彷彿什麼都沒說卻又什麼都說了的抽象音符，竟讓我一顆惶惶不安的心全都安靜了下來。

我於是每晚自動到音樂館報到，小鎮的治安良好，好幾間獨立的琴房二十四小時從不上鎖，我每每一人關在裡面彈一、兩個小時都不厭倦。冬天到來，琴房的落地玻璃窗之外，雪落無聲，就像是旅人夜半不寐，默默流下的淚。

◆

在一九九三年的惠特曼學院，我是唯一的台灣人，整個學校只有中國大陸來的交換學者海玲和我有類似的處境。長我十歲的她早已是雲南大學外文系的教授，卻同樣拿的是學生簽證也必須修課。

但海玲不像我一樣天馬行空，而是硬碰硬選了這兒公認最困難也最熱門，而且大一新鮮人全都搶修的「寫作課」和「演說課」。這兩門課報告交得更多，連海玲也修到叫苦連天，但她天性不服輸，寫得比誰都用心，期末成績居然拿到全班最高分，激勵我也得加把勁，別丟台灣人的臉才好。

我和海玲就這樣彼此打氣相濡以沫，兩人都是第一次獨自離家遠行，海玲更是拋家棄子來到美國，思鄉之情比我更苦。課後我們經常相約去逛鎮上的唯一一條大街，而當時台灣正值經濟顛峰，不管走到哪兒，我都不禁大喊美國的物價實在太便宜了。但海玲卻大不相同，中國才剛改革開放，她處處儉省，下課後還得去圖書館和學生餐廳打工。

為了陪她，我也一起加入打工的行列，學會了洗碗的流程，但最苦的還是學生餐廳打烊的時刻，我和海玲得把沉重的木頭椅子一張張搬到桌上去，吸完了地毯的灰塵後，再一張張搬下來放回原位，累得我回到宿舍之後總要癱軟在床上老半天。

放長假是最快樂的日子，我們開著一台借來的車去黃石公園玩。海玲為了省錢不肯外食，堅持自己煮，於是我們沿著溪流一路野炊。偶爾時間耽擱，找到適合的溪邊時天色已黑，只好開著車燈煮飯洗菜，而對岸就是一群群的野鹿在悠閒地啃食青草。

這一趟旅行下來，我們不知喝了多少黃石公園的河水，回來後說給美國同學聽，他們大驚失色，說河水裡全是寄生蟲。我們不知是真是假，也不害怕，只覺得好笑，這種事情一輩子難得經歷一次，若非海玲，當時頗沾染了台灣人財大氣粗心態的我，恐怕永遠無法體驗。

如今時光一轉眼悠悠二十五年過去了，我與海玲自從美國一別，就再也沒有機會相見。前些日子忽然接到海玲的email，說她已經從雲南大學退休，要和丈夫一起來台灣自由行，遂從網路上找到了我的聯絡方式，希望可以在台北見上一面。

海玲篤信伊斯蘭教，我們因此約在公館的一間清真餐館見面，兩人重逢時彼此都是乍然一驚，對方怎麼一點都沒變？一九九三年也彷彿才是昨天，往事栩栩如生潮水一般湧了回來，但分明是二十五年將近一萬個日子過去了，就在一瞬之間。

我和海玲也彷彿調換了位置，台灣早就不復當年的氣盛，而大陸更是今非昔比，二十五年可以改變些什麼？我成了安分守己的媽媽，但海玲卻是年紀愈大玩心愈重，居然成了走遍世界的自助旅行家，但當我們一談起在惠特曼的時光時，卻也不得不一致公認，那是我們生命之中暫時脫離常軌，以致衝擊改變最大，卻也玩得最瘋狂最難忘的一年。

我們更彷彿從那時開始才真正蛻變成為一個旅者，從此學會離家遠行，勇敢朝向未知去探索，直到如今才又好不容易在台北這座城市重逢。夜深了，我和海玲從餐館走出來，原本熱鬧的汀州路上人潮已散，而小巷弄裡更是顯得格外冷清，我和海玲擁抱著道別，她緊緊抓住我的手說：「你一定要來昆明找我！不要再等二十五年！」

我拚命點頭，轉身離去時淚水卻忍不住在眼眶裡打轉，想起二十五年前我離開 Walla Walla 時，海玲紅著眼睛相送的那一天，而如今的情景彷彿依稀，卻又再一次說了再見，然而再見不知又是何時？人生還能有幾個二十五年呢？唯一可以確定的是二十四歲的青春只有一次，逝去了，就是永遠。

著魔的月圓之夜

喃喃的咒語如此熟悉，彷彿是來自上輩子埋藏在心底的傾訴。

即使離開北投多年了，但那樣一座被遺落在邊陲的小鎮記憶始終跟著我，偶爾在長途跋涉的旅途中，竟又會不經意突然撞入一個分明異鄉，卻又彷彿是故鄉的時空。

那或許是在一九九〇年的前後，台灣和中國才剛開放交流，而大陸農村也才因改革開放而處於將變未變的關鍵之際，總之，一切都還是新鮮且懵懂的。如今回想起來不免驚覺，原來那樣充滿希望的時刻竟有如青春，是一去就再也不可能復返的了。

當時的我正要著手寫作碩士論文，研究的主題是儺戲：一種最早見於《論語》記載，在中國鄉野社會尤其是南方邊陲流傳兩千年之久，演出時往往與宗教儀式結合的古老面具戲。為了論文，我跟隨指導教授跑遍了廣西、雲南、貴州、浙江一帶的農村做戲曲田調。又因為福建與台灣皆屬於閩南，彼此之間的淵源特深，所以那一年農曆新年我們特別造訪福建，趁著春節慶典正多，四處都有野台戲的演出，更是從南走到北盤桓了將近一個月之久。

那是一年之中最為寒冷的二月，我們幾乎不分日夜看戲下來，到了最後已是眼花撩亂，只剩下走馬燈似的幻影，在黑暗的舞台上光燦燦地打轉。而如今絕大多數的演出我都忘得一乾二淨了，卻唯獨元宵的那一晚例外，在我腦海中還留下一個黑魆魆的大洞，只分不清那到底是來自於前世，還是今生似曾相識的記憶。

◆

那應該是在福建莆田的某座小村子吧。福建多山，我們早就習慣小巴在迂迴的山路上繞行，羊腸小徑崎嶇多石，車廂就像是漂流在汪洋上的一葉扁舟，落入叢山峻嶺沒有止境的漩渦之中，無助地左搖右晃著，一車的人於是全在昏暗的夜裡暈死過去了，痛苦地閉緊了雙眼。

車窗外四野荒涼，杳無燈火，就像是被一塊黑布兜頭蒙住，既看不清外面的景致，就讓人更不禁興起了一種這輛小巴被鬼打牆似的，一直在原地徒勞打轉的錯覺。

由於晚餐時我被莆田的領導多灌了幾杯酒，此刻暈得難受，一股酸味直嘔上喉頭，正縮在座位上輾轉不安時，忽然聽到前座的人大嚷起來：「到了！到了！」我趕緊爬起身子，透過車窗看見幾盞暗紅色的燈籠從黑夜中浮出，有如點點的鬼火，正朝向我們快速地飛盪過來。

一直等到飛到眼前，我才看清楚出燈籠下都是一張張孩子的臉，被蠟燭燒得紅豔豔的。他們原來早就在村子口等候多時了，一見我們，就既興奮又靦腆地笑著。

這時車門嘩地一下打開，一個穿著黑色皮夾克村書記模樣的中年男人鑽上來，他搓著雙手，笑出了一口焦黃的牙齒，直嘟囔著：「多虧你們了，這個村子還真不好找哪，窮鄉僻壤的，連條像樣的路也沒有。」他接著又自嘲著補充說，幸好元宵活動才剛開始，我們到得也不算太晚，而且今年的規模是這二十年來最盛大的一次，走遍了整個福建也見不著這麼精采的。

男人於是領我們走下車，穿越前方樹林一條小徑，拐個彎，眼前忽然大亮，原來已經來到了村子的廣場，一幢廟宇赫然矗立在眼前，巨大的閩南式飛簷往上高蹺，雕龍刻鳳，直插入天。

廟簷的邊緣綴滿了七彩的霓虹，就連路旁的每一棵樹也全被綁上了看不見的電線，垂著一粒粒暈紅的燈泡，更照映得一整座村子就像是灑了暗暗的血。

這幅景象也未免太魔幻輝煌了，我還來不及回過神，迎面就看見一個古怪的隊伍朝我魚貫走了過來，全都是些五、六歲的孩子，一個個裝扮成蚌殼妖精，背後綁著兩大片紙做的雪白貝殼，鑲上寶藍色的邊，在夜中一搧一搧地吞吐著。

當隊伍走到我跟前時，所有的孩子忽然全都躲入殼中不見，又啪地一下把殼全往外翻，露出來一張張塗抹了厚厚白粉以及鮮紅色唇膏的小臉。我不禁往後倒退了一大步，但孩子們面無表情走過去了，又繼續繞村遊行，一一消失在黑夜裡。

孩子們才剛走，緊接著是一支由大媽所組成的隊伍，遠遠看起來活像是一條肥胖的蜈蚣，蠕動著被黑夜吐了出來。大媽都上了年紀卻偏還要裝俏，臉頰上抹著桃色的腮紅，頭上插滿了粉嫩的花朵，腰上還繫著一只小花鼓，邊走邊咚咚地敲著，教人看了心頭又是一驚。

蜈蚣乙乙然地過去了，這時夜中又浮出另外一支隊伍，也是孩子，扮成了傳說中的送桃童子，頭髮全綁成沖天炮，手上捧著一粒粒鮮美的大桃。當我還在望著這些隊伍發癡時，同行一起做戲曲田調的學姊早已不耐煩，拽住我往廟口戲台的方向走，原來戲已在急雨似的鑼鼓點催促之下，風風火火地開場了。

戲台前擺了一排紅板凳，權作貴賓席，是特意保留給我們的，而台上搬演的是莆仙戲，一種保存了中國宋元時期戲曲最古老面貌的地方戲。

但所謂的古老指的是音樂和方言聲腔，對於一般的觀眾而言，莆仙戲看來並沒有太大的不同，演的照樣都是些才子佳人的故事，在男女調情之餘，加上一點點的插科打諢和武打俠義，於是我在凳子坐下不久，就逐漸失去了耐性。

我發現台上那些胭脂水粉的花旦，反倒不如坐在台下看戲的女孩來得好看，更能夠引起我的好奇。這些生長於深山野嶺的女孩們，因為從小就在田間勞動慣了，身軀特別渾圓結實，一張臉又被太陽曬成了古銅色，眼睛被這綠水青山餵養得晶亮無比，而如今趁著佳節難得精心打扮一番，紛紛結伴出門看戲，賞燈遊玩。

元宵節本來就是一個女孩子炫耀比美的日子，但類似的風俗早就在現代的城市中消失了，如今卻又在此地重現。我看到女孩們成群坐在台下，仰頭默默看戲，卻分明掩藏不住一股執意要在今晚發光發熱，和戲台上的旦角們爭奇鬥豔的決心，而如此鮮明的青春活力，簡直是把這整個黑夜都照得熊熊發亮了。

我的目光穿透了人群，不禁被斜後方的一個女孩所吸引。她綁著粗黑的大花辮，早已發現我在看她，而且還是大剌剌地轉過身來背對舞台在看她，但她居然也不迴避，還大膽地迎視回來，彷彿是在反問我這個和她同樣正值青春年紀的女孩，究竟是打從哪兒來的？而今夜又為何莫名來到這樣一座躲藏在山中的小小村寨？接下來又要往哪裡去？

女孩野性的炯炯目光，忽然讓我想起了《紅高粱》之中、還沒有被日後演藝的盛名所俗化的鞏俐。

就在那一刻，我和女孩彷彿已經悄悄交流了無數的貼己話，關於青春、愛以及生活的種種幻想，然而我卻又在下一刻突然難過氣憤了起來。這麼美麗的女孩，應該和鞏俐一樣去大城市拍電影才對，而不是坐在這個鄉下的塑膠凳子上，看什麼號稱活化石的莆仙戲！

我一想到女孩的將來不外乎是嫁給一個農夫，生養小孩，繼續種田過一生，那雙野性的眼神不到中年就會發黃黯淡下來，而她的健美的身軀也將會因為過度勞動，注定要一輩子飽受病痛折磨時，我就覺得自己再也無法安坐在這些女孩的中間了。

我想要離開人群去呼吸一下，便找了個藉口起身走開，決心把女孩忘掉，去追尋剛才消失在夜裡的遊行隊伍。

我壯起膽朝向村子的深處走去，愈走愈是荒涼幽暗，而戲台上那流傳了七、八百年的古老樂聲，也愈來愈彷彿依稀，最後只剩下了一縷貓叫似的哼唱，直到四周圍終於是一片靜悄悄。

這時路旁雖仍錯落著幾間屋舍，但木頭的大門半掩著，不見人影，只有門楣上亮著一只小小的燈泡，而燈下就掛著一幅毛澤東的照片，正居高臨下，似笑非笑地盯著我瞧。

我下意識加快了腳步，這時忽然一個影子竄到我的身旁，原來是個老頭，臉上堆滿了古怪的笑。他比手畫腳對我咿啞咿啞講一連串的話，或許是莆田方言，和台語雖然同屬於閩南語系，此刻聽起來卻是天差地遠，我一個字都無法了解。

但老頭還是不死心地推拉著我，非得要我隨他一起去不可。於是我就這樣稀里糊塗隨他來到了一所祠堂前，老頭興奮地推開大門，一躍而入，也不知道究竟是想要給我看什麼寶貝？

黑暗中，我依舊可以感到這所祠堂驚人的衰敗，才一輕推木門，灰塵就紛紛落了我的滿頭滿臉，而眼前淨是拂之不去的蜘蛛網，幾根巨大的木椽就任意倒塌在門邊。

我遲疑著不敢再向前踏出一步，而老頭子也不堅持，他逕自鑽到門後，忽然唰的一聲，就扯下一塊巨大的布來。

就著窗外黯淡的微光，我定睛一看，原來是一尊高達三米以上的木雕彩樓，上面爬滿了龍鳳麒麟的紋飾，也猜不出是做什麼用途？我只聽到老頭子努力改用普通話，口吃地說著：「老東西了，明代，還要更久，宋代。宋代的寶貝。」

他那雙混濁的眼睛此刻在暗中忽然發亮，而攀附在彩樓上的龍鳳也在一瞬間吸飽了仙氣，悉數復活過來似的，有如一群蛇蠢蠢不安地蠕動著，眼珠子調轉過來斜睨向我，射出一道道陰森的光芒，而銳爪漸長，似乎正要朝我攫來。我不禁大駭，踉蹌著往後倒退，開始轉身往戲台的方向死命地逃。

◆

我一面逃，一面忽然見到不知打哪兒湧出來無數的人潮，在我前方阻擋成了一道人牆，黑壓壓的頭顱晃動著如波濤洶湧的海浪，我只能見著人群的縫隙就鑽，卻又看到那些詭異的遊行隊伍忽而出現在我的左方，忽而又出現在我的右方，一個個都彷彿是喪禮中紙紮的人偶，面無表情，卻又是那般鮮豔明亮得可怕。

他們此刻每個人的手中都高舉著一枝又瘦又長的竹竿，高得直插入黑夜，而從竿頂垂下來的是一條又一條我這輩子見過最長最長的鞭炮，在黑夜之中緩緩地擺盪著，像是是招魂的長幡。

忽然之間人群不知怎麼地裂開了一條小路，原來是一個粗壯的漢子懷抱著一尊小神，正在眾人的簇擁和護駕之下癲狂地舞蹈著，抽搐著，朝我直衝過來。

就在這一剎那間，所有人全都一起點燃了竹竿上的鞭炮，濃密的白霧頓時轟然湧起，瀰漫在我的眼前，劈哩啪啦的鞭炮巨響，更是震得我心神俱裂。我什麼也看不見，只能被濃煙嗆得一直往後退，直到整個人背抵在廟門上，而炮竹的火花不斷掠過我的額頭和眉角，留下一陣陣燒灼的刺痛。

記憶之中的最後一個畫面，是捧著神像的漢子衝過來，而廟門竟突然打開了，我整個人跌落進去，如水的人潮就在一瞬間將我淹沒。

我就這樣眼睜睜看著那尊漆黑的神像從身旁無聲無息地流過，就在那一秒間，廟門又啪地闔上了。不知過了多久，我才悠悠轉醒，這才發現自己跌坐在廟內的大殿上，而此刻的廟門緊緊扣上，把剛才鞭炮的巨響和喧譁的人群全都隔絕在外。

大殿中肅穆異常，只剩下八個身穿黑衣的男人，正跪在地上一邊磕頭，一邊吟唱起我聽也聽不懂的咒語。空氣中一股凝重的力量朝我碾壓過來，讓我也不由自主地曲膝下跪，頭抵著冰冷的地面，忽然有了大哭一場的慟。

不知為何，我感覺這兒我曾經來過。是的，這喃喃的咒語如此熟悉，正從我的嘴角不知不覺流洩而出，彷彿是來自上輩子埋藏在心底的傾訴。

直到今天我還記得當廟門再度打開時，我走出大殿時輕飄飄的虛無感。我的體內似乎有某種東西在這座村子被掏空了，或者該說，原來它是找到了回家的路。我不禁想起了兒時每年的元宵節，母親都領我們去關渡宮看花燈。

那黑壓壓的人潮依山傍海流動著，神仙鬼怪的塑像燈籠在夜裡散發詭譎的光亮，彷彿就是不在人間，讓我誤以為自己所成長的小城，便是如此的超現實之地。

直到長大以後離鄉遠走多年，才又忽然喚醒往日的記憶，而二十一世紀的北投變化之劇烈，人事已非，我只能像武陵人般一次又一次地悵然而返，再也找不到一條歸鄉的路可回。

那年夏天最寧靜的海

一切都會過去，僅留下記憶，命運和時間會帶我們到什麼地方？

上個世紀的最後一年夏天，我離開居住了二十多年的台北去到花蓮，住在海岸路面對太平洋的一座綠色大樓，日日看著遠方歸來的大船駛進港口，汽笛冒出白煙，而貓咪趴在窗櫺上，打著呼嚕沉睡。

才剛搬進大樓不到兩個星期，九二一地震就無預警來襲了。夜半時分，整棟建築物忽然劇烈地抖動起來，高及天花板的書架被推離了牆壁，擠到客廳的正中央。架上的書籍全被拋落了一地，而銅鑄的文學獎座也從書架的最頂端掉落下來，把磁磚地板砸破了一個大洞。

四面的牆壁在震動之下發出隆隆的吼叫。我躲在床上棉被當中，一動也不動，任憑地殼手舞足蹈，直到牠盡興了為止，只是不知牠這一番忘我的姿態，究竟是出之於快樂呢？還是憤怒？

L卻伸出手臂攬住了我的頭，喃喃安慰說，沒什麼沒什麼，花蓮已經習慣搖擺的狀態，這很快就會過去了呀，你瞧，周遭的事物都在晃動，這是多麼有趣和過癮的一件事情啊。

當一切終於回復平靜，我們搭電梯下樓，大廳只點著一盞微弱的小燈，而值大夜班的管理員伏在櫃檯的後方，微笑打招呼說，你們是唯一逃下樓來的住戶，但別怕別怕，在花蓮地震有如家常便飯呢。

我說我不怕，我只不過是想去便利商店買瓶礦泉水罷了，順便開車四處逛逛。

在黑夜中逛逛。當車子沿著海岸路行駛，我們梭巡整座花蓮小城真是安靜，彷彿剛才的地動天搖只不過是一場短促的夢。

想像之中地震過後，便將會有海嘯來襲，淹沒了陸地上的稻田、樓房、市招和街道，可是海岸路旁的花蓮港外就是遼闊的太平洋，海水依舊平靜無波，還泛著幾點安詳的星光。

我們悠悠駛過空無一人的馬路，卻渾然不知翻過中央山脈的另外一側，台灣的西部，堅硬的地層是如何被翻攪掀裂，而成千上萬的人就在黑夜之中驚惶地哀嚎了起來。

可是我們卻什麼也沒有聽見。花蓮怎麼能夠如此安靜呢，似乎已經從台灣島獨立出去，一逕閉著眼睛沉睡。即使海浪也是以迴旋反覆的姿態，有如巨大的搖籃將我催眠。

◆

我有時會陷入一種錯覺，以為自己不管走到哪裡，始終是徘徊在山與海的懷抱之間，從北投到花蓮。

於是在一九九九年的夏天，二十世紀的末尾，我站在十三樓的陽台，眺望東部的山脈順著海岸線綿延過去，彷彿曲曲折折一路向北，就可以通往我遺落在台北盆地邊陲的青春歲月。

就當太陽落下之後，黑夜也一樣悄悄覆蓋了大地，月亮高掛空中，照耀在海面上形成了一道皎潔的光帶。

海上生明月。我心裡默唸。

L說，如果順著那道光帶縱身入海，朝向黑黝黝的太平洋游去，那麼將會是一件極美極美的事情啊。我總是不能相信他的話，但奇怪的是，回想起來卻歷歷在目，彷彿曾經親眼看見他宛如一條健美的人魚，躍入海洋，沐浴著一身月光，然後消失在黑夜的海上。

那無邊的大海不禁讓我想起了淡海，沙崙，危險的暗流，溺斃的孩子，一去就不再復返。於是我站在岸上恐懼地大聲呼喚L，太危險了快回來吧。但大海卻以無比規律的潮水回答了我，規律到讓人誤以為那是寂靜的。默默的。

鵝卵石在我的腳底下嘩啦啦滾開，又硬又冷，刺得我的趾端發疼。

◆

海浪就這樣日復一日撲打上來，我幾乎以為牠會攀過堤防，越過海岸路，撲向我位在十三樓高的住家。我的窗戶因此是藍色的，憂鬱的。

就在二十世紀的末尾，我站在窗前等待千禧年的第一道曙光從海平面升起。我總固執地以為，大海必定會預言了某種訊息，譬如說，愛情的結局。

於是我慣常向牠尋找解答，在無所事事的午後，獨自一人駕車朝海的方向駛去，經過了花蓮師範學院的紅磚圍牆，再沿著軍事基地的鐵絲網繼續前行，然後大力踩下油門，車子加快速度滑落陡坡，而一股雲霄飛車似的快感就會立刻從腳掌升起。

剎那之間，美麗的七星潭乍現在我的眼前。

啊大海。我總是如此讚歎，握著方向盤的雙手漲滿了一種奇異的幸福感。

接著我駛過七星潭而不多停留，因為那兒是屬於觀光客的，所以我要再往前行，駛入了一條人跡罕至的小徑，穿過一片我以為是台灣最美的墓園，十字架和閩南式色彩豔麗的墓碑突兀地結合在一起。

就在海、天與樹的環繞之下，連死亡也充滿了搶眼的戲劇性。

然後我又繼續駛進小小的村落，停在有一座小小的警察局的海邊，這裡才是我的祕密基地。

我停好車，下來走向太平洋。海岸邊整排的木麻黃被狂風吹得來回晃蕩，枝椏上棲滿了密麻的烏鴉，而每每風一來，成群的烏鴉就會翩翩然飛起，迎著大海嘎嘎嚎叫，而等到風一停住，牠們又會拍動著黑色的翅膀，翩翩然落在樹梢上。

我站在海邊伸長了雙臂，讓海風一下子灌滿我的衣裳。我在心裡默唸著，如果烏鴉聽到了我的呼喚，那麼就來到我的頭頂上盤旋吧。

果然，牠們展翅朝我飛了過來，忽而降落下來，幾乎要碰觸到我的頭髮，又在傾刻之間昂起頭，逆風高飛，朝向太陽。

於是我乾脆在石灘上躺下來，攤開自己的雙手雙腳，注視著上方數以百計的烏鴉飛舞著，遮蔽了一大片藍白的天光。牠們莫非是想要告訴我些什麼？看起來反覆說了又說，似乎非常急切的模樣？

我努力地傾聽著，甚至期待牠們降臨在我的身上，但其實在那一刻，我的腦海裡聯想到的是天葬。

以我的肉體奉獻給天上尊貴的神祇。讓牠飲我的血，吞噬我的骨肉和毛髮，那麼，我就終於可以知悉，那跟隨著我的山與海的祕密，那迴旋反覆、說了又說的潮汐和烏啼，究竟是些什麼呢？

◆

如今回想起那時的我，恰好三十歲而立之年，就像是被卡在一個告別青春的關卡，而北投已經從我的生命中消失了，山與海卻仍以另外一種形式出現在花蓮。

即便那一年的夏天我的生活既乏味，又無聊，每天坐在書桌前面對電腦，敲打寫也寫不完的學術論文，堆砌著冰冷的文字。每隔兩三分鐘，花蓮的砂石車就會從我窗戶底下的海岸路上急馳而過，車輪的喧囂撕裂了我的腦神經。

偶爾看見光天化日底下，有一隻白色還有一隻黑色的野貓在鄰居的屋頂上追逐著，交配，打架，睡大頭覺。過沒多久，我就發現兩隻甫出生的小花貓住進了大廈的停車場，而每當停車格啟動升降之時，就會看見牠們滿臉慌張，一前一後跑出來溜到旁邊的草叢裡。

海風無情地吹颳著海岸路，有時甚至讓人寸步難行，所以停車場這個隱蔽的角落就成了小貓溫暖的棲息地。有時候牠們肚子餓了，便用爪子翻抓大廈的垃圾桶，咬了一地菜骨和肉屑，拿發臭的食物來填飽自己小小的身軀。

後來我發現了，出門時總會帶著罐頭餵牠們。時間一久，只要聽到我發動車子的聲音，小貓就會一前一後跑出來蹲在我的車旁，豎起耳朵等待，活像是兩隻純潔的白兔。

然而這兩隻小貓長得實在尋常。其中一隻我叫牠「貓咪」，另一隻嘴巴旁邊長了幾撮黑毛，總是對人充滿了戒心膽小畏縮的模樣，我叫牠「老鼠臉」。

等牠們稍微長大一些，便會壯起膽子，偷溜到馬路對面的軍營去玩耍，但一聽到我發動車子，就又急急忙忙趕了回來。直到有一天我照例下樓開車，喊牠們的名字許久，也始終不見蹤影，只好作罷將車開出了停車場時，卻看見馬路的正中央躺著一具貓屍，頭被壓扁了，頸部扭斷，舌頭吐出來，嘴角流著一灘鮮紅色的血。

那一定是「貓咪」。

我的直覺恐怖地告訴我，牠因為聽到我的聲音，所以急急忙忙過馬路，才會被汽車壓死了。我忽然發覺自己對於死亡竟是這般不能承受，尤其它極可能是因為我而死了。我停下車，趴在方向盤上大聲哭泣起來。

我打電話給L。L急忙趕來，幫我一同把「貓咪」埋葬在大樓旁正對太平洋的小公園裡。他伸出手臂攬住我的頭，喃喃安慰說，沒什麼沒什麼，生命已經習慣死亡的狀態，這很快就會過去了呀。

你瞧，貓咪死了之後就會投胎轉世，不必再挖垃圾桶找食物吃，不知道牠下一輩子將會變成什麼動物？這是多麼有趣和過癮的一件事情啊。

還有，「貓咪」躺在這裡，每天都可以看到蔚藍的海洋，潮汐漲落，有時海面還會浮出夢境似的和天一樣高的彩虹，而天空有飛機和戰鬥機飛過，多麼熱鬧啊。

當然，「貓咪」也必須忍受海岸公路上來往呼嘯的水泥廠卡車和砂石車，那些殺死牠的兇手，也在日復一日殺死了本應是台灣最美的一條公路。

於是在一九九九年的夏天，我持續用罐頭餵養「老鼠臉」。牠愈長愈大，身上的毛閃耀著金光。牠經常在海岸路旁漫步，有時停下來，蹲坐在牠兄弟的墳前梳理毛髮，自言自語說話。

牠的兄弟的墳墓沒有十字架，更沒有閩南式的鮮豔墓碑，只有一片矮小的青草。

因為長時間注視遼闊的太平洋，「老鼠臉」的眼睛是藍色的，也是憂鬱的。

那是一九九九年夏天最最寧靜的海。日常瑣碎的事物交織成光影，浮掠過去。地震。一場沒有發生的海嘯。貓咪。老鼠臉。砂石車。月光。默默在台灣島與太平洋的交界處上演，落幕，爾後便消散無影無蹤。

就像一首死亡的探戈。最後的哀歌。無聲的音樂在空氣之中流動。

而L伸出手臂，攬住我的頭，喃喃安慰說，沒什麼沒什麼，一切都會過去的，僅留下一場不可靠的記憶，你瞧，不知道命運和時間會把我們帶到什麼地方？這將是一件多麼有趣和過癮的事情啊。

每每無事或憂傷之時
我就要逃入陽明山和淡海的懷抱
一如女巫
被放逐於荒野

後記

收錄在這本散文集中的作品，大多原為《自由時報》副刊的專欄而寫，雖然成書之時經過全盤的修改，但若非當初素芬姊的邀稿，以及每兩週一次來自梓評的催促和鼓勵，否則我不會啟動這場回憶的文字之旅，故有此書的誕生都要感謝他們。

專欄名為「城北舊事」，乃因「北」之於我一直是憧憬與嚮往的方向，童年時代由高雄移居台北，乃至於落腳在北投，又可以說是台北城市之「北」，而那是一道青春的尋夢成長路徑：一路向北。

然而北投卻又非典型的台北。那是一座山與海所環繞的盆地邊陲小城，尤其在上個世紀的七〇和八〇年代，更像是大自然的野性搖籃，而非城市資本主義現代文明，這或許也造就了我的桀驁不馴。

我特別喜歡「桀驁不馴」這四個字，在城北生活多年下來，不知不覺中就長成了如此，也不知道是出於自己的本性呢？還是來自於環境的薰陶？但我每每無事或憂傷之時，確實習慣性地就要逃入陽明山和淡海的懷抱，一如女巫被放逐於荒野。

書中也特別記錄了我曾瘋狂崇拜的偶像坂本龍一。最近看了他的紀錄片《終章》，卻半途按下了停止鍵不忍再看。白髮的他依然十分瀟灑優雅，然而見到他為病體所折磨之時，我卻不禁感到自己的青春也一併被蛀蝕崩毀了，淪為千瘡百孔的廢墟，而天人五衰，花冠頓萎。

也因此這本書於我意義更為深遠，唯有文字，才能夠永恆捕捉那些純潔而光燦的瞬間。我的城北歲月，一首由山與海交織而成的賦格曲。

我也特別喜歡「那年夏天最寧靜的海」這句話，出於我最愛的導演北野武的電影。我十四歲時看電影《俘虜》只注意坂本龍一，完全忘了還有北野武的存在，即使他才是真正貫穿全片的要角，直到十多年後我才發現，大有相見恨晚的遺憾。

早在台灣尚未引進北野武的電影前，我就透過重慶南路的錄影帶攤「秋海棠」，看了盜版的《花火》和《奏鳴曲》，深深被電影中反覆出現的海洋所吸引。後來也是在「秋海棠」買了《那年夏天，寧靜的海》，回家一看卻沒有字幕，於是又氣呼呼跑回重慶南路找老闆理論。

但老闆卻酷酷的，連頭也不抬，慢條斯理繼續整理著攤上的錄影帶，說：「為什麼需要字幕呢？電影裡的男女主角都是啞巴啊，根本就沒開口說話。」

想想也對。在《那年夏天，寧靜的海》中說話的，都是一些不相干的路過之人，想必那些對白也不重要吧。後來有機會看了正版的ＤＶＤ，果然真如老闆所言。

原來這就是我們真實的生活。無聲的動作，回憶的默片，為陽光所一點一滴推移，靜悄悄地在我們的眼前流逝，而其中藏匿著最深沉的哭泣、歡笑與耳語，也唯有自己才能夠聽見。

二〇二三年四月二十一日於台北

城北舊事

看世界的方法 243

作者——郝譽翔

封面設計——Bianco Tsai
內頁攝影——吳佳璘
責任編輯——施彥如

社長——許悔之
總編輯——林煜幃
副總編輯——施彥如
美術主編——吳佳璘
主編——魏于婷
行政助理——陳芃妤

董事長——林明燕
副董事長——林良珀
藝術總監——黃寶萍

策略顧問——黃惠美・郭旭原
郭思敏・郭孟君
顧問——施昇輝・林志隆
張佳雯・謝恩仁
法律顧問——國際通商法律事務所
邵瓊慧律師

出版——有鹿文化事業有限公司｜台北市大安區信義路三段106號10樓之4
T. 02-2700-8388｜F. 02-2700-8178｜www.uniqueroute.com
M. service@uniqueroute.com

製版印刷——沐春行銷創意有限公司

總經銷——紅螞蟻圖書有限公司｜台北市內湖區舊宗路二段121巷19號
T. 02-2795-3656｜F. 02-2795-4100｜www.e-redant.com

ISBN——978-626-7262-37-5
初版——2023年10月
定價——380元

城北舊事 / 郝譽翔著 —初版．— 臺北市：有鹿文化，2023.10．面；14.8×21 公分 —（看世界的方法；243）
ISBN 978-626-7262-37-5（平裝）
863.55 ………… 112014015